| 대구음악유사 |

비내리는 고모령

권 영 재

每日新聞社

　권영재 선생님을 깊이 알게 된 것은 같은 병원에 근무하면서이다.

　소문만 듣다 가까이서 보니 선생님은 딴 취미와 소질은 별로 없는 분으로 책만 보는 것 같았다. 재작년 매일신문에 일 년간 '대구음악유사'를 쓰게 되었다는 이야기를 듣고 매우 의아했다. 노래방 가서 노래 한 곡도 제대로 못 부르고 그렇다고 혼자서 클래식 음악을 듣는 분도 아닌데 무슨 음악에 관한 글을 쓴 단 말인가? 솔직히 마음속으로 석 달 이상 버티지 못할 것으로 예상했다. 그러나 칼럼은 예정한 일 년을 채우고도 여섯 달이 더 연재되었다. 정신과 외에는 문외한인 선생님의 글이 어떻게, 소위 말해서 인기를 끌게 되었을까?

　선생님의 글을 읽으면 그때 그 시절의 이야기들이 신기하게 느껴진다. 처음에 글을 읽었을 때는 "진짜?" "이랬단 말이야?"라는 혼잣말을 했다. 지금은 경험할 수 없는 옛 대구 음악 이야기들, 익숙하지 않은 상황들과 지어낸 듯한 스토리에 마냥 신기해서 칼럼을 읽노라면 삼국유사를 읽는 듯했다. 대구음악유사에 등장하는 음악에 관련된 인물들과 그들의 에피소드, 그리고 그 분위기가 웃음을 주는 재미도 있었지만 가슴 뭉클하게 하는 애환도 많이 있어 가슴을 찡하게 하였다.

　선생님은 평소에 말을 재미있게 하는 스타일인데 많은 소재를 발굴하여 글도 말처럼 술술 풀어나간 덕분에 독자들의 흥미가 더해졌을지도 모르겠다. 나는 수구꼴통이 싫다. 하지만 선생님의 글을 읽고 나서 온고이지신(溫古而知新)을 느끼게 되었다. 과거를 알아 새로운 미래를 개척하여 행복하게 살 수 있는 삶. 내 자식을 그렇게 키워야겠다는 생각을 하게 되었다.

제이미주병원 정신건강사회복지사

정 미 숙

계명대학교 사회복지학과 박사과정 수료 후 논문준비 중
계명대학교 동산의료원 정신건강사회복지사 수련
정신건강사회복지사 1급
대구사이버대학 강사
계명대학교 사회과학대학 강사

　권영재 원장님은 적십자병원장으로, 저는 남산교회 목사로서 길 하나 건너 이웃으로 살았습니다. 우리는 한동네에 살기도 했지만 생각도 공감 가는 부분이 많아 자주 만나 이야기를 나누곤 했습니다. 정신과 의사라는 선입견 탓인지 모르겠지만 원장님과 대화를 나누다 보면 멀쩡했던 내 정신이 어느새 엉뚱한 곳으로 가고 있음을 자주 느끼곤 했습니다. 원장님의 행동도 저를 어리둥절하게 했습니다. 정신과 전문의이면서도 마치 정신과 공부는 팽개쳐둔 듯 엉뚱하게 행동하는 것도 많이 보았습니다. 주일에는 외국인 무료진료를 하는가 하면 전문서적 외에도 수필, 소설, 논픽션 등의 다양한 장르의 책들을 써서 나에게 보라고 주셨습니다. 목사인 내 앞에서 성경 강의를 하기도 하고 세상의 정의는 혼자 다 실천하고 있는 듯 입에 거품을 품을 때는 저는 그냥 웃기만 했습니다.

　이번에 출간하는 '대구음악유사—비내리는 고모령' 역시 그런 기이한 행동과 무관하지 않습니다. 회식 때 유행가 한 곡도 제대로 끝까지 부를 줄 모르면서 대구의 음악에 관한 글을 쓰겠다고 할 때 저는 또 한 번 웃고 말았습니다. 그러나 막상 발표되는 글들을 매주 읽으면서는 점차 재미와 친근감을 느끼게 되었습니다. 문화와 예술의 도시, 대구의 클래식 음악과 대중가요, 민속 음악, 그리고 아이돌 음악 소개와 또 그와 관련 있는 대구의 지명이나 사람 이름, 숨겨진 에피소드 등 우리 과거와 현재의 일상을 글을 통해 감동적으로 설명해 주었기 때문입니다.

　작사가 유호 선생이 지어낸 가상의 문학적 장소인 '고모령'에서 한국전쟁으로 인해 모자가 이별하게 된 애절한 사연이나, 김광석을 말하면서 그가 즐겨 사용했던 하모니카의 역사와 친근감의 배경을 설명하는 등 원장님 칼럼의 다양한 읽을거리는 대구문화에 대한 새로운 눈을 열어주었습니다.

　지그재그 인생을 살아가시는 원장님의 신간 발간을 진심으로 축하드리며 이 책을 통해 그동안 미처 알지 못했던 대구문화의 한 영역이 한국 문화의 자긍심으로 발전하는 계기가 되기를 기대해 봅니다.

변 창 식

장로회 신학대학원 목연과 졸업
경북대학교 및 동 대학원(경영학, 사회복지학 석사) 졸업
전) 남산기독교종합사회복지관장

추천사

저는 웨이췬(魏群, 위군)입니다. 중국 산동 출신으로 한국에서 16년째 살고 있고 현재 계명대학교 의용공학과 교수로 재직하고 있습니다. 저자 권영재 선생님과는 직십자병원에서 격주 일요일마다 외국인 무료진료를 같이 하면서 인연을 맺고 그 후 지금까지 우정이 계속되고 있습니다.

이번에 권 선생님이 대구의 음악에 관한 책을 내신다는 이야기를 듣고 그동안 보고 들었던 저자에 관한 이야기와 외국인의 입장에서 본 대구의 문화와 음악에 대한 저의 소견 몇 마디를 추천사로 써보고자 합니다.

저는 19세에 고향인 중국 상하이를 떠나 대구로 와서 경북대학교 한국어 어학교육원에서 공부를 시작했습니다. 1년 어학연수를 마치고 경북대학교 공과대학에 입학했습니다. 음악을 좋아해서 경북대 입학 후에는 밴드 동아리 '이중나선(Double Helix)'에 찾아가서 드럼을 배우기 시작했습니다. 저는 밴드 동아리 활동을 하면서 음악의 꿈을 가진 많은 친구를 알게 되었고 또한 한국 대중음악도 많이 접하게 되었습니다. 이런 일들은 제가 대구는 물론 나아가 한국의 문화 그리고 한국 사람의 정까지 이해할 수 있게 해 주는 계기가 된 것 같습니다. 저의 핸드폰 연락처 중에는 음악을 통해서 알게된 친구가 3분의 1 정도나 됩니다. 그중에는 저처럼 단순히 음악을 취미로하는 친구가 있는가 하면 삶의 전체가 음악인 친구도 있습니다. 그들은 음악으로 생계를 유지할 뿐만 아니라 자기의 감정과 생각을 표현합니다. 저는 그들이 음악을 통해서 타지방 사람들이 대구는 단순히 보수적이고 정체된 사고를 하는 사람들이 사는 곳이라는 편견을 깨트리고 창조적이고 진취적이라는 도시로 옳게 바라보도록 하는데 큰 역할을 하고 있다는 생각을 하고 있습니다.

이렇게 여러 장르의 음악, 즉 클래식과 대중음악 그리고 서민음악 등을 통해 끊임없이 대구 바로 알리기에 노력하는 사람들이 있기에 관광명소인 '김광석 다시 그리기 길'에 세계 각 나라의 관광객들이 찾아오고 있다고 생각합니다. 이들 덕택에 타 지역 사람들이 '김광석 다시 그리기 길'에 와서 한국 대중음악 역사상 가장 아름답고 가슴 찡한 노래를 남긴 가수 김광석을 추모하고 그의 노래를 다시 감상합니다. 저도 김광석 음악은 아름다운 멜로디뿐만 아니라 영혼 끝까지 와 닿는 가사가 더 감동적이라는 느낌을 받습니다.

권 선생님 역시 음악을 소개하는 이 책에서 대구는 보수적인 도시이면서 또 다른 한편에는 진취적이고 개혁적인 도시로서의 면모도 함께 갖추고 있다는 사실을 역설하며 음악적, 문화적, 철학적 소양이 풍부한 도시라는 점을 강조하고 있습니다. 이 도시가 그런 훌륭한 토양과 환경을 갖추고 있기에 수많은 훌륭한 인재도 탄생했을 것으로 생각됩니다. 권 선생님은 대구에서 태어났고 해방과 한국전쟁을 거치며 어린 시절을 보냈습니다. 서울서 의과대학을 졸업하고 전문의와 학위를 마친 뒤 귀향하여 오직 고향을 위한 일이라면 어떤 일이든 발 벗고 뛰었습니다. 그런 그의 철학이 이 한 권의 책에서 실감나게 느껴집니다.

권 선생님이 대구적십자병원에서 7년간 일요일 외국인 무료진료를 할 때 저는 학생 신분으로 중국인 동포를 위한 통역 봉사를 하며 서로 알게 되었고 그 후로도 계속 우의를 다지게 된 것입니다. 그 봉사활동을 통해서 저는 의료와 관련된 지식을 많이 접하게 되었고, 지금 의용공학과 교수가 된 것도 그 활동 덕분이라고 생각합니다. 지금 저는 재직하고 있는 학교에서 외국인 교수 몇 명과 밴드를 만들어서 여가 시간에 공연을 합니다. 음악을 통해서 외국인들 간의 교류를 증진하고 대구에 대해 더 많이 알리려고 노력하고 있습니다.

권 선생님은 정신과 전문의이며 의학박사입니다. 딴 일에는 소질과 취미가 별로 없는 듯하고 진료시간 외에는 삶에 대한 열정과 사랑을 글로 쓰는 일에만 몰두해 왔습니다. 지금까지 수필 3권, 소설 1권, 논픽션 1권, 전문 시직 2권을 썼고 매일신문에 3번, 영남일보에 1번씩 일 년간 칼럼을 연재했습니다. 그중에 논픽션 '아름다운 사람들'과 소설 '어느 따뜻한 봄날의 추억'은 일본에서 일본어로 번역되었습니다.

이번 출간된 이 책에서 저자의 성숙한 필풍을 통해서 독자들이 음악적 문화의 측면에서 또 다른 대구의 모습을 보게 될 것이라고 믿습니다. 일독할 만한 책이라고 저는 자신 있게 권합니다. 또한 언젠가는 제가 중국어로 번역해서 조국의 독자들에게도 권영재의 '대구음악유사-비내리는 고모령'이라는 좋은 책을 소개할 수 있는 날을 꿈꾸어 봅니다.

계명대학교 의과대학 의용공학과 조교수

웨 이 친

경북대학교 IT대학 대학원 전자공학부 영상 및 의공학 전공 박사

경북대학교 의공학연구소 연구원

대구적십자병원 '일요일 외국인 근로자 무료 진료소' 통역 봉사 7년(중국어)

영진전문대 · 영남이공대 강사

계명대학교 산학인재원 메커스런닝센터 멘토 교수

대구광역시 달서구 '대화형 인터내셔널라운지 운영 사업'
외국어 클리닉(LAS) 프로그램 중국어 프로그램 책임 교수

중국 창업 인큐베이트 iMakerbase 전문 멘토 위원

영재 형님의 '대구음악유사' 발간 소식을 듣고 놀라운 마음과 함께 축하의 말씀을 드립니다. 몇 년 전 우리 병원 외과에서 위장 수술을 받으시고는 '이제는 책 보기, 글쓰기는 그만두겠다'며 전공 책과 인문학 책도 다 버린 뒤 '이제부터는 무위자연으로 살겠다'고 선언한 적도 있었습니다. 하지만 인문학에 대한 사랑과 열정을 감당하실 수 없었는지 다시 글을 쓰고 책으로 출간하게 되어 저으기 안심이 되어 격려의 큰 박수를 보냅니다. 그동안 전공인 정신과 환자 진료를 하랴 자신의 병에 대한 치료도 받으랴 이래저래 바쁜 가운데도 수필집 3권, 소설 1권, 논픽션 1권, 전문서적 2권을 쓰셨습니다. 게다가 소설과 논픽션은 일본어로 번역되었으니, 저는 놀라움과 존경의 눈으로 바라볼 수밖에 없습니다. 지금까지 저술하신 책 내용을 보면 구수한 이야기 같으면서도 역사성이나 사실성 측면에서 철저히 고증된 것이어서 더욱 놀랐습니다. '뇌가 보통 사람 뇌와 달라서 그렇게도 기억을 잘하는가?(사실 머리가 다른 사람보다는 좀 크기는 합니다) 또 그렇게 기억된 딱딱한 지식을 이렇게도 구수하게 잘 풀어낼 수 있을까?' 경의를 표할 수밖에 없습니다. 아마 형님의 머리는 포토그래픽 메모리라서 본 것은 사진 찍은 것처럼 기억이 되시는 듯합니다. 보통 사람들은 질의 응답하려면 좀 생각하고 기억에서 찾고 정리를 해서 이야기해야 하는데 형님이 그냥 술술 기억을 풀어내는 모습을 보면 그런 생각이 듭니다.

영재 형님은 저의 큰 형과 중·고등학교 동기동창이고 옛날 우리 집이 남산동 개울가에 살 때 자주 놀러 왔습니다. 그래서 저는 선생이라는 호칭보다 형님이라는 말이 쉽습니다. 영재 형님은 서울 가서 가톨릭대 의대와 부속 성모병원 신경정신과에서 공부하고 대구에 내려와 대구 최초 대형 정신병원인 대구정신병원을 개설하고 가톨릭대 의대와 대구사이버대 교수를 역임하였습니다. 그 후 대구적십자병원장, 대구의료원장과 서대구노인병원장 등 의사생활 대부분을 공공 병원에서 보내셨지요. 대구정신병원을 만들어 초기에는 혼자서 200명의 환자를 진료하기도 했습니다. 적십자병원장 시절에는 7년간 적십자병원에서 격주 일요일마다 외국인 무료진료를 했던 일은 후배인 제가 보아도 멋지고, 형님이 아니면 하기 힘든 일이었으리라 생각됩니다. 형님은 은근과 끈기의 대명사이십니다. 그 당시 같이 참여하지 못해서 늘 죄송한 마음이 있었습니다. 형님이 대한신경정신의학회 대구경북지부 회장을 하실 때 제가 총무로서 나름대로 보필을 해드려 약간의 빚은 갚은 셈입니다. 형님은 회장 때 회원 간 소통과 단합을 강조했습니다. 그 일환으로 포항지부 학회까지 갔었는데 돌아오던 밤 차 속에서 듣던 구수한 이야기들은 아직도 추억으로 남아 있습니다. 평소에 후배들을 잘 챙겨주시고, 특히 저를 동생으로 잘 대해주시어 그 고마운 마음은 늘 잊혀지지 않는 선물입니다.

어느 날 점심식사를 함께 할 때였습니다. 형님은 느닷없이 매일신문에 일 년 반(2018년 1월 1일부터 2019년 6월 30일까지) 동안 연재했던 65편의 대구음악에 대한 글들을 모아서 '대구음악유사'라는 책으로 발간한다면서, 평소처럼 양해도 구하지 않고 추천사를 쓰라고 명령(?)하셨지요. 몇 번이나 사양을 했지만 "정 선생은 노래를 잘 부르니 한 번 써."라고 했습니다. 후환이 두려워 몇 자 적게 된 것입니다.

저는 대구 토박이로 강원도에서 보낸 군의관 3년을 제하고는 대구에서 살았습니다. 경북대 의대를 졸업하고 동산병원에서 정신건강의학과 교수로 정년퇴임하고, 명예교수와 임상교수로 병원과 대학에서 진료와 가르치는 일을 하고 있습니다. 학생들을 가르치고 연구생활과 환자를 진료하면서도 고교 때 열망했던 성악에 대한 꿈은 버리지 못했습니다. 아쉬운 마음을 달래려 틈만 나면 성악 공부를 하면서 2회의 독창회를 열고 합창단장, 지휘, 중창단장, 시민오페라단 초대회장을 역임하여 못다 이룬 음악에 대한 저의 꿈을 어느 정도는 달성한 듯합니다. 현재도 단원으로 매년 한 두 편의 오페라에서 주역으로 활동하고 있습니다. 형님은 저의 이런 이력을 높이 사서 추천서를 부탁한 것으로 생각이 듭니다.

책 내용 중에 저자가 '대구음악유사―비내리는 고모령'을 쓰게 된 배경 이야기가 나옵니다. '대구의 땅속은 문학과 음악과 철학으로 꽉 차 있다. 필자는 이 코너를 통해 그중에서 음악으로 대구의 민낯을 보여 주고 싶다. 현대사에서 대구 서민들과 애환을 같이한 가요, 민속음악, 아이돌 음악 등과 관계있는 대구의 지명이나 사람 이름 그리고 에피소드를 평범한 말로 여러 이웃들과 나누고자 한다.'는 음악을 통해 뜨거운 대구 사랑을 나타내겠다는 결심을 보여줍니다. 저는 형님의 고향 사랑에 대한 그 열정에 다시 한 번 더 큰 박수와 존경을 표합니다. 독자 여러분들도 이 책을 읽으면서 대구의 역사와 철학, 열정을 다시 찾기를 바랍니다. 다시 한 번 더 권영재 형님의 '대구음악유사―비내리는 고모령' 발간을 축하드립니다.

계명대학교 의과대학 명예교수

정 철 호

전)계명대학교 의과대학 교수 및 동산병원 신경정신과장
전)대구동산병원장, 한국소아청소년연구회 초대회장
전)미국 뉴욕 올바니의대 교환교수
시민오페라단 초대회장
동산병원 임상교수 / 대구 동산위센터 창립센터장

권영재 형님과 저는 일찍 고향을 떠나 꽤 오랫동안 객지생활을 했습니다. 우리는 당시 여느 젊은이들처럼 군사독재에 항거하고, 그러다 여기저기 불려다니고, 밤새 술 마시며 침묵하는 세상과 야합하는 기성세대에 대해 불만을 터트리는 생활을 하며 청춘을 보냈습니다. 그 후 저는 세상을 치유해 보겠다고 정치에 발을 들여놓았고, 형님은 사람을 치유하는 의학을 공부하여 정신과 의사가 되어 귀향하신 후에는 공공의료를 위해 한평생을 사셨습니다. 저는 부끄럽게도 아직도 세상의 건강을 되찾지 못하고 있지만 형님은 수많은 사람의 생명을 구하고 건강을 지키셨습니다.

'대구음악유사-비내리는 고모령'은 대구의 역사를 통해 우리나라 전체 근현대사 70년을 돌아보게 하는 책입니다. 일제 강점기 나라를 되찾기 위해 이념을 떠나 하나가 되었던 보수와 진보, 해방 이후 걷잡을 수 없었던 양 이념간의 대립과 충돌, 참혹한 전쟁, 독재와 혁명, 산업화 등 격동의 역사가 이 책 속에서 살아 꿈틀거리고 있습니다. 대구 사람들은 다른 어느 지역보다도 고향에 대한 자부심이 강합니다. 일제의 억압에 대한 항거, 해방 공간의 격동, 전쟁과 대구 사수, 잿더미 위의 가장 가난한 나라를 선진국의 반열에 올려놓기까지 격동의 근현대사에서 대구는 항상 그 중심에 있었기 때문입니다.

민주화와 함께 부국강병의 눈부신 성공을 거두었지만 또 다시 우리는 심각한 위기에 빠져 있습니다. 저성장의 덫과 양극화, 기회 불균등과 가난의 대물림, 남과 북의 가파른 긴장 등등이 그것입니다. 지나온 날 역사의 앞자리에서 대구가 항상 시대를 이끌어 왔듯이 지금의 국가, 사회적 위기를 앞장서 타개해 나갈 지혜와 용기를 권영재 형님의 이 책을 통해 얻게 되기를 기원합니다.

더불어민주당 대구수성갑 국회의원

김 부 겸

16·17·18·20대 국회의원
전)행정안전부 장관
제20대 국회 외교통일위원회 위원

내 첫 직장은 이화여자고등학교였다. 부임한 지 두어 달 쯤 되었을 때 교감선생님으로부터 "경상도 사투리를 고치도록 노력해보라"는 충고(?)를 들었다. 녹음기까지 동원한 나의 서울말 배우기는 결국 실패하고 서울말은 지금까지도 나에게는 어려운 외국어로 남게 되었다. 근대화-산업화와 더불어 서울은 정치 경제는 물론이고 문화까지도 휘말아 빨아들이는 토네이도의 중심이 되었다. 서울말로 논문발표하고 수업하면 세련되어 보이고, 사투리로 토론하면 촌스러워 보이는 서울중심 문화패권주의가 기승을 부리는 한, 서울말도 경상도말도 아닌 어정쩡한 보리경사(京辭)를 사용하는 출향인사들이 끊이지 않을 것이다. 경상도 사투리에는 훈민정음 이래의 옛 발음이 아직도 남아있는데, 그래도 사투리는 수치스러운 것인가?

동경유학 시절, 오사카-교토(大阪-京都)사람들이 TV에 나와 간사이(関西) 사투리를 조금도 부끄러워 하지 않고 쓸 뿐 아니라 오히려 토오쿄(東京) 간토(関東) 지방보다 자기네들이 문화적으로 우월하다고 은근히 뻐기는 것을 종종 보았다. 나는 그때 지방 문화의 중요성을 깨닫게 되었다. 사투리는 자존심, 문화적 정체감, 서울 패권에 도전하는 지방의식, 이런 것들이 약동할 때 민주주의가 발달하고 문화적 다양성이 살아 움직일 수 있다는 것을! 노무현 대통령후보자가 대구에 왔을 때 '대구사회연구소'를 비롯한 지방을 걱정하는 시민단체들이 국토 균형발전, 지방분권, 지방대학 육성 등 지방 활성화 정책을 건의하였고, 그 결과 대구지역의 몇몇 학자들이 이러한 정책을 추진하기 위해 중용되기도 하였다.

한산(寒山) 권영재가 매일신문에 연재한 대구 이야기가 책으로 출간된다고 해서 그가 독자들에게 무엇을 얘기하고 싶었는지 그 내용들을 돌이켜 생각해보았다. 대구에 얽힌 여러 에피소드와 사건, 사고들 그리고 유명한 고적과 산천, 중요인물 등등, 지금은 거의 잊혀져가던 까마득한 광복 70년 동안 옛 대구의 추억들을 재치 있는 글로 환기시켜 주었다. 평범한 그의 옛이야기 중에는 매우 묵직한 주제가 쉼 없이 흐르고 있디.

10.1사건을 통해 친일반민족-친미세력과 민족적좌파세력의 충돌을 얘기함으로써 해방정국의 태생적인 민족 모순을 대구가 분출시켰음을 지적하고 있다. 이승만의 자유당 독재정권 시절에 대구가 전국 최강의 야당도시였으며, 그런 대구의 2.28학생 운동이 4.19의 도화선이 되었음을 얘기하고 있다. 박정희의 단순한 5.16쿠데타는 군사세력을 산업화의 길로 인도한 인맥들의 저수지였다. 그렇다고 해서 대구는 박정희 독재정권을 마냥 칭찬하고 참여한 것만은 아니었다. 박정희 독재정권에 맞서다 희생된 인혁당-민청학련 사건 등의 주요인물 또한 대구 인맥이었다는 점에서 대구에는 여전히 민족민주세력의 전통이 면면히 흐르고 있는 도시라는 것을 강조하고 있다.

지금 대구의 경제력이 내리막길을 걷고 있다. 하지만 대구의 근대사는 한국 근대사의 축소판이었다. 화려하지는 않지만 역사의 물줄기가 굽이치는 그 변곡점에는 항상 대구가 움직이고 있었다. 역사를 치열하게 살아갈 수 있는 자양분이 있는 도시다.

한산이 얘기하고 싶었던 것은 아마도 대구의 자존심과 정체감이 아닐까? 내가 사투리의 자존심을 살리고 싶은 것처럼…

정신과 의사 권영재가 늘그막에 작가 권영재로 변신하고 있다. 그의 글에
는 문제의식이 있다. 쉽게 쓴 소박한 문장, 재미있는 내용, 그래서 나는 그
의 글이 좋다. 그를 보면 정신과 의사이며 작가였던 프란츠 파농이 프랑스
에 대항해 알제리 독립운동을 지원했던 그가 생각난다. 외우(畏友) 한산(寒
山) 권영재 군의 '대구음악유사—비내리는 고모령'의 출간에 즈음해서 작년
일 년 동안 원고 쓰느라 고생한 노고를 치하 드리고 그의 끊임없는 열정에
존경을 보낸다.

전)교육인적자원부 장관·부총리
윤 덕 홍

전)대구대 총장
전)교육인적자원부 장관, 부총리
전)한국학중앙연구원 원장

CONTENTS | 차례

제1부

대구의 음악

01

비내리는 고모령

　'소머리 국밥' '원조 소머리국밥' '진짜 원조 소머리국밥집' 국밥골목에 가면 흔히 보는 원조타령 간판들이다. 음식이란 끊임없이 연구하고 개발을 해야 더 맛이 있어지는 것인데 다만 오래된 식당이라고 맛까지 비례한다는 듯이 선전하는 것은 유치한 자부심이다. 최근에 정몽주 선생의 고향도 서로가 원조라고 하는 시비가 생겼다. 영천에서는 임고면이 포은의 고향이라고 하고 포항에서는 장기면이라며 영천이 짝퉁이라고 손가락질을 한다. 영천은 포은 선생의 외가로서 그곳에서 출생하고 자랐다. 포항은 포은 선생의 선산과 일가들이 살고 있는 선조의 고향이다. 정몽주 선생의 고향 시비는 서로 근거가 있는 주장이다. 그러나 국밥집들 원조타령은 음식의 맛이 누가 더 나은가로 경쟁하지 않고 오래된 것만을 내세우고 게다가 변함없는 옛날 맛 그대로라고 자랑하고 있으니 어처구니가 없다. 그런 간판 앞을 지나노라면 짜증이 난다.

원조 타령의 또 다른 이야기는 가요사에도 있다. 대구 파크호텔 옆에는 고모로 넘어가는 신작로가 작은 언덕을 넘는데 호텔 측에서는 그곳이 고모령이라고 한다. 고모령의 원조는 자기네 동네에 있다는 것이다. 그러나 군인들도 만만치 않다. 제2군 작전사령부 안에는 형제봉이 있는데 그 형봉과 제봉 사이의 고갯길이 고모령이라고 한다. 서로가 상대를 짝퉁이라고 한다.

고모령은 유호 선생이 지어낸 가상의 문학적 장소이다. 한국전쟁이 한참이던 시절 육군본부 정훈감실에서 유호 선생에게 노랫말 의뢰가 들어왔다. 전쟁터로 출정하는 아들과 어머니의 애절한 이별을 그린 노랫말을 지어 보내라는 것이다. 그는 대구 사람이 아니어서 대구 인근 시골에서 시내 동인파출소 뒤에 있던 신병훈련소로 떠나는 장정의 애틋한 사연을 그릴 장소가 떠오르지 않았다. 대구지도를 펴놓고 이곳저곳을 살피다가 아주 좋은 지명을 발견하게 되었는데 바로 고모(顧母)였다. '돌아 볼 고(顧), 어미 모(母).' 차마 헤어질 수 없는 어머니를 뒤돌아보고 또 돌아보는 고모. 모자 이별의 지명으로 안성맞춤이었다. 여기다 비단 옷에 꽃그림이라고 고모에다 고개까지 덧붙여 '고모령'이라는 단어를 지어내었다.

동대구역이 없던 시절 대구역에서 서울 가는 기차를 기다리노라면 마이크에서 "기차가 정시에 고모역을 통과하였습니다."라는 멘트가 들렸다. 그리고 한 10분 쯤 있으면 기차가 역 구내에 들어오고 "대구, 대구" 하며 크게 외치는 마이크 소리가 들린다. 옛날 경부선으로 상경하던 사람들이 끊임없이 듣던 지명이 고모다. 정다운 고모. 그래서 고모령이야 있든 말든 고모령이라면 대구 사람들 모두가 사랑하는 단어이다. 없던 고모령이 새로 생겼으니 좋은 일이다. 파크호텔에서 비내리는 고모령 비석을 제막할 때 유호 선생이 와서 자기가 작명한 지명에 비석까지 생겨 정말 영광스럽다고 했다. 대구는 시나 노래 가사에 그 이름이 잘 나오지 않는다. 숨어 있는 이야기를 주제로 한 짝퉁 지명이 좀 더 생겼으면 좋겠다.

02

쇼 쇼 쇼

바야흐로 이 땅은 정의가 소멸되고 의리가 증발되고 윤리가 타락되어 이목구비가 바른 사람들은 정신착란이 와있다. 비올 때는 비를 맞는 수밖에 없다. 궂은 날에는 쇼나 보며 새날을 도모하는 것이 현명한 행동일 것이다. 고관대작들은 그들이 받는 봉급 값을 한다고 국민들에게 쇼를 많이 보여주었다. 공중부양 쇼, 쇠망치로 문 부수기 쇼, 연탄 배달하기 쇼, 국회의원들의 저질 개그 쇼. 저능아들의 전국 순회 토크쇼, 법원 갈 때 죽어가는 환자 연기, 대통령의 낯간지러운 '썩소' 연기, 국회에서 최류탄 터트리기 시범 등등 나름대로는 노력들을 많이 했다.

양반은 그런 공짜 공연은 좋아하지 않는다. 제 돈 주고 옳은 쇼를 봐야지 그 따위 저질 쇼는 보면 눈병이 난다. 대구의 극장들은 쇼를 많이 했다. 텔레비전이 없고 라디오도 시간제로 나오던 시절, 대구의 수 많은 크고 작은 극장 무대서 온갖 가수들의 노래가 울려 퍼지고 있었다. 경부선 푸른 다리 옆에 있던 신성극장, 다리 건너 신도극장에서 쇼를 많이 했고 남문시장 부근에 마주 보고 있던 대도극장과 대한극장 또한 쇼를 많이 하는 극장이었다. 변두리의 동부, 사보이, 서부, 수성, 미도, 남도, 시민, 현대 등의 소규모 극장들도 쇼를 많이 했는데 여기는 무대 규모도 작고 급이 낮은 연기자들이 출연하는 탓에 재미가 작었다. 하지만 입장료가 싸서 서민들이나 학생들이 많이 찾았다.

멋있는 쇼는 중심지에서 했다. 외화를 주로 상영하던 아카데미나 제일극장은 쇼를 하지 않았고 방화 극장이던 만경관과 대구, 아세아극장에서 자주 쇼를 하였다. 대부분의 쇼는 가수들이 노래 부르고 그 사이에 만담을 하는 게 전형이었다. 특이하게 대구극장은 여성국극단 공연을 많이 했는데 그중에서 단연 빛나는 공연단은 임춘앵, 진진 악극단 등이었다. 최고의 쇼극장이라면 단연코 키네마(키네마–문화–국립–한일)극장이다. '바라야데 쇼(버라이어티 쇼의 일본어)'를 했다. 유명 가수들이 노래, 화려한 의상에 진한 화장품 향기를 뿜는 무희들의 뇌쇄적인 서양 춤, 그리고 악극단 공연이다. 요새말로 뮤지컬이라고 하겠는데 가수가 노래도 부르고 연기도 하였다. '울고 넘는 박달재' '전선야곡' '불효자는 웁니다'등이 최고의 인기 레퍼토리였다. 그중에서도 인구에 회자하는 레퍼토리는 백조 가극단의 전옥이 그녀의 딸 강연실과 함께 공연한 '눈 내리는 밤' '두 남매' '이수일과 심순애'였다. 이수일과 심순애는 일본 소설 '금색야차'를 번안한 '장한몽'을 신파극으로 만든 것인데도 시민들은 정말로 대동강가에서 김중배의 다이아몬드에 홀린 배신녀 심순애를 이수일이 발길로 찬 실화인 줄 알고 좋아했다.

뚱뚱이와 홀쭉이, 구봉서와 배삼룡, 송해와 박시명, 서영춘과 백금녀 등의 코미디언과 고복수, 백년설, 현인, 남인수, 고운봉, 백설희, 박난아, 신카나리아, 황해, 박노식 등 대한민국은 유명 배우와 가수들은 문화의 도시

대구의 극장 무대에 한 번 서는 것을 그들의 영광으로 삼았다. 가수에게는 그 노래를 잘하면 또 부르라고 재청을 했는데 남인수는 같은 노래를 일곱 번 부른 경우도 있었다. 남철·남성남, 남보원, 백남봉, 트위스트 킴, 스리 보이, 송대관, 박재란, 송민도 등 유랑극장 마지막 세대들이 무대로 들어 오는 무렵 쇼는 쇠퇴의 길로 간다. 텔레비전이 등장하였기 때문이다. 대구 는 고속도로가 생기면서 전라도 포목 고객들은 서울로 다 빼앗기고 텔레비 전이 나오면서 노래 무대마저도 서울로 다 빼앗기고 말았다. 빼앗긴 들에 도 봄이 오는가? 고목에도 꽃이 필 것인가?

03

노래자랑

KBS 방송 중에서 나이 든 사람들이 좋아하는 프로그램은 단연코 '전국노래자랑'과 '진품명품'이다. KBS방송의 전국노래자랑은 불합격이 거의 없다. 노래를 못 불러도 노인이거나 장애인이면 무조건 합격이다. 심지어 땡하면 다시 부르게 해서 합격시켜 주기도 해 긴장감이 없고 장난이 심하다는 생각도 들게 한다. 노래 대결보다 재미에 주력을 하는가 보다. 노래자랑의 진행이나 포맷이 일본의 전국노래자랑인 '노도지만'과 많이 닮았지만 내용은 판이하게 다르다. 일본은 긴장의 연속이고 너무 진지하고 우리는 장난 비슷하게 진행해 음악과 별로 관계없이 오락프로를 연상케 한다.

KBS 대구 방송국이 태평로 공회당에 있었던 시절까지만 해도 대구서도 노래자랑 방송을 따로 했었다. 안 그래도 가무음곡에 열광하는 민족인데다 삶이 팍팍하던 시절이니 프로그램의 인기는 폭발적이었다. 시그널 곡은

'대지의 항구'인데 이 노래의 일절과 이절 사이 간주곡을 사용했다. 라디오에서 '빰빰빠 빠바바 빰빰빠'하는 트럼펫 소리가 들리면 대구 시내가 조용해진다. 요즘 월드컵 축구 분위기와 같았다.

노래자랑의 녹음은 공회당에 있던 KG홀에서 했다. 공회당은 전쟁 통에 제 구실을 못하고 '걸뱅이 극장'이라고 불리던 '육군 중앙극장'이 들어서서 겨우 유령건물의 형태를 벗어나고 있다가 방송국이 들어서면서 명실공히 공회당 구실을 하는 정도였다. 요즘에는 방송국 악단들이 출연자들의 노래를 사전에 편곡해서 어떤 노래라도 다 반주를 해준다. 그러나 그 시절에는 방송국 악단은 단원도 몇 되지 않고 반주의 능력도 모자랐다. 그들이 아는 노래는 반주를 하고 모르는 곡은 출연자 혼자 먼저 노래하라고 하고 박자만 맞추어 뒤를 따라가기도 했다. 요즘 같으면 뭇매를 맞을 짓이지만 그때는 그랬다. 자주 불리던 노래는 '효녀 심청' '사도세자' '나그네 설움' '선창' '물새우는 강 언덕' 등이었는데 모던 보이들은 '삐빠빠 룰라' '유아 마이 선샤인' '다이아나' 등의 미국노래를 자주 불렀다.

노래자랑 공개방송이 진행되던 어느 날 방송사고가 터졌다. 출연자는 사회자에게 남백송의 '방앗간 처녀'를 부르겠다고 했다. 반주가 시작되고 이어 '거울 같은 시냇물 새들이 노래하는…'으로 노래가 나와야 되는데 묵묵부답이다. 밴드 마스터가 땡하고 불합격의 '공'을 울렸다. 그제서야 출연자는 '거울같은 시냇물'을 노래하기 시작했다. 아나운서는 정중하게 노래가 늦었으니 다음 기회에 또 보자며 퇴장을 권했다. 그러나 그 출연자는 막무가내. '새들이 노래하는'으로 그 노래를 이어가고 있었다. 참다 못한 아나운서의 "야 내려가!"와 "와. 좀 더 부르고 갈란다."라고 하는 출연자와 언쟁이 발생하고 말았다. 노래자랑보다 그들의 만담적 말싸움이 더 재미가 있었지만 그 바람에 그 주의 노래자랑은 취소가 되고 말았다. 어느 해 만우절날 기독교방송의 이교석 아나운서가 선착순으로 방송국에 오면 라디오를 준다고 농담 방송을 했다가 많은 시민들이 방송국에 모여 난리를 피웠던 일이 있었다. 그 '만우절 사고'와 이날의 '좀 더 부르자 사건'은 대구 방송사 역사에 길이 남을 에피소드일 것이다.

04

대통령의 노래

요즘 일본의 야마구치현에 여행가는 사람들이 많다. 별 볼 것도 즐길 것도 없는 곳에 왜 가냐고 물으면 수상이 여덟 명이나 나온 곳이라고 해서 호기심이 일어 간단다. 초대 수상 이토 히로부미와 현 아베 수상의 고향이며 그의 외조부 기시노부스케도 그곳 사람들이다. 그곳이 죠슈라고 불릴 때 일본 근대화에 그곳 출신들이 앞장 서서 많이 활약을 했다. 그 와중에 우리나라는 그들의 희생물이 되고 만다. 나로서는 돈 받아도 그런 곳에 가고 싶은 마음이 없는데 사람들의 기호도 가지가지라 '호기심 천국' 사람들은 그런 곳에도 가고 싶은가보다. 대구 경북은 다섯 명의 대통령이 배출된 곳인데도 그 호기심 많은 사람들이 왜 관광하러 오지 않을까? 아무리 생각해도 이해가 되지 않는다. 그러나 오기 싫다는 사람들에게 굳이 옆구리 찔러 절 받기는 싫다. 대신에 우리끼리 이곳 출신 대통령들의 노래에 대한 이야기나 한번 주고 받아보자.

　박정희 장군은 풍류를 좋아해서 동인동 이군사령부(구 육군본부)에 근무할 때 인근에 있는 김마담이 경영하는 청수장에 자주 갔다. 나중에는 누님이라고 부르는 가까운 사이가 되고 5.16 군사정변 때는 김마담이 거사자금까지 대어주는 동지가 된다. 박장군이 대통령일 때 군악대가 공식적 행사에 자주 연주하던 노래는 'Keep on running'과 '쨍하고 해뜰 날'이었다. Keep on running은 노래를 자체를 좋아했던 게 아니고 그 제목이 당시 박대통령이 외치던 구호 '중단없는 전진'이라는 뜻과 같아서 자주 연주했다고 한다. 사석에서 즐겨 들은 가요는 '동백아가씨'와 '강원도 아리랑'인데 사신의 애창곡은 '횡'성엣디'였디. 박정희가 영관장교 시절 장모 팔순 잔치에서 '짝사랑'을 부르는 동영상을 보면 재미있다. 애창곡이었는데도 불구하고 많이 버벅댄다. 수줍음이 많았던 그가 술기운도 없이 벌건 대낮에 노래 부르기가 쑥스러웠던 모양이다. 노래를 부르다 음정이 틀려 노래가 중단되고 박소령이 멋적은 웃음을 웃는다. 다시 부르다 이번에는 가사가 틀려 또 중단된다. 구경꾼들이 박수치고 웃는 모습에 가슴 훈훈해진다.

　전두환 대통령은 하춘화의 '무죄'를 좋아했는데 자신의 애창곡은 '삼팔선의 봄'과 '향기품은 군사우편' 그리고 '방랑시인 김삿갓'이었다. 대구 출신 대통령 중에서 뛰어난 노래 솜씨를 가진 사람은 단연코 노태우다. 자신의 말로는 팔공산 30리 등하굣길이 외롭고 무서워 노래를 많이 부르며 다니느라 노래가 늘었다고 한다. '베사메 무초'를 잘 부른다고 하지만 모든 노래를 다 잘 불렀다. 현직에서 물러나 대구집 (팔공 보성아파트)에 들를 때마다 이웃 사람들과 친구들을 불러 회식을 했는데 그 자리는 노태우 리사이틀 같았다고 한다. 그가 노래 뿐만이 아니라 피리, 하모니카까지 연주했으니 완전 쇼 분위기였을 것이다. 이명박 대통령은 나이 든 축치고는 신곡을 많이 불렀다. 그의 전공이 '도가다(土防)'여서 현장에서 젊은 사람들과

많이 어울리다 보니 노래도 신곡을 부르게 된 것이 아닐까. 애창곡은 유심
초의 '사랑이여'다. '기약 없이 멀어져간 내 사랑'이라고 외치다 '아침 이슬'
을 떼창하는 미국 소고기 무리에 밀려 넘어져 임기 초부터 '다리 저는 오
리'가 된다. 거북이의 노래 '빙고'를 좋아했던 대구 막내 대통령 박근혜, 죽
도록 고생하고도 미숙한 정치력과 똥 고집 탓에 역적으로 전락되어 북풍한
설 속 구치소에 영어의 몸이 되어 있다. '거룩한 인생 고귀한 삶을 살며 부
끄럼 없는 투명한 마음으로 이 내 삶이 끝날 그 마지막 순간에 나 웃어보리
라 나 바라는대로'라는 가사를 수 백번 되내며 통곡하고 있겠지.

'삶은 한조각의 구름이 이는 것이고(生也一片浮雲起)요, 죽음은 한 조각
구름이 사라지는 것(死也一片浮雲滅)'

05

이별의 종착역

손시향이 신성일을 배우로 만들었다. '그날' 둘이 그런 식으로 만나지 않았더라면 배우 신성일은 없었을 것이다. 그날 있었던 일을 신성일은 이렇게 말했다. 손시향(손용호)은 대구중앙초등학교 출신이고 신성일(강신영)은 대구수창초등학교 출신으로 둘이는 경북중학서 처음 만났다. 집도 잘 살았다. 지금 보아도 두 사람보다 잘 생긴 남자는 없다. 둘은 공부도 잘하고 인물도 잘 생긴 탓에 절친이면서 속으로 라이벌이었다. 경북고등도 둘이 같이 들어갔고 공교롭게도 3년 동안 한 반에서 공부를 하였다.

때로 하늘은 인간을 시험한다. 이 때 시련에 약한 놈은 죽거나 골병 들고 강한 놈은 더 세어진다. 손용호(손시향)의 어머니와 강신영(신성일)의 어머니들은 현모양처라기 보다 활동하는 신여성이었던 같다. 두 어머니는 계를 모아 '오야'를 하여 부를 축척하여 꽤 재미를 보고 있었다. 그러다 비슷한 무렵 두 집다 계가 깨어져 몽땅 망하고 말았다. 손용호는 그래도 주위에서 도와주는 사람들이 있어 고등을 마치고 서울대 농대에 입학을 하게 된다. 그러나 강신영은 아버지도 일찍 돌아가시고 어머니는 도망간 빈집에서 형 신구와 두 형제만 남아 남들에게 생계비를 도움받아 겨우 목숨을 이어가고 있었다. 친구 아버지에게 공납금을 얻어 겨우 고등은 졸업한다. 하지만 찌든 가난으로 형 신구는 공군사관학교에 떨어지고 동생 신영은 서울대학에 떨어졌다.

먼저 서울 간 손용호는 손시향이 되어 '검은 장갑' '이별의 종착역' '사랑이여 안녕' 등을 불러 대박나며 한국의 가요계의 샛별이 되어 빛나고 있었다. 손시향과 같은 중앙초등 출신인 남일해가 대건고등 3학년때 내노극장에서 오리엔트레코드회사가 주최한 전국 콩쿠르 대회에 일등해 가수로 전국을 뒤흔들 때 손시향은 서울대 농대 입학 후 KBS 노래자랑에서 입선해 가요계에 데뷔하게 된 것이다. 이 무렵 이화여대에 다니던 여동생 손미희 자는 미스코리아 진이 되어 손씨 집안에서 깨어진 계의 아픔은 희미한 옛이야기가 되고 말았다.

목소리는 '한국의 짐 리브스' 외모는 '마카오 신사'라고 불리던 손시향이 '그날' 아래위로 하얀 양복을 쫙 빼입고 미도파백화점 지하 나이트 클럽의 공연을 위해 충무로를 걸어가고 있었다. 낭인 생활을 하며 호구지책도 어렵던 신영도 마침 충무로를 정처 없이 배회하고 있었다. 신성일이 말했다. 눈빛이 번쩍했다. "저 멀리서 하얗게 빛나는 옷을 입은 신사가 '가방모찌' 둘을 양 옆에 끼고 걸어 오고 있었다. 가까이서 마주치니 흰 양복쟁이는 손용호가 아닌가!" 반가움과 부끄러움에 신성일은 웃을 수도 울 수도 없었다고 한다.

"아이고! 신영아" "야! 용호야" 하고 얼싸안고 인사를 나누어야 할 두 사람은 냉랭하게 헤어지고 만다. 스타 손시향이 된 손용호는 "어. 신영이 아이가?" 하며 건성으로 아는 체하고 신영의 어깨를 툭 치고는 그냥 가버렸기 때문이다. 용호가 간 미도파 쪽을 보며 망연자실한 신영은 약 한 시간이나 멍하게 길에 서 있었다고 한다. 그 시각 뒤 명동을 헤매다 배우학원이 눈에 띄어 그곳에 입학한다. 이렇게 손시향이 신성일을 배우의 길로 인도한 것이다. 손시향은 60년에 미국으로 이민을 간다. 거기서 부른 '거리를 떠나' '사랑이여 안녕' '사랑의 자장가'도 공전의 히트를 친다.

이제는 80 넘은 노인이 되어 조용한 황혼을 맞이 하고 있는 두 동창생이 만약에 길에서 다시 만나게 되면 이 번에는 어떤 일들이 또 생겨날까 무척 궁금하다. '가도 가도 끝이 없는 외로운 길 나그네 길.' 한 번 맺은 인연, 외로운 나그네 길에 이별의 종착역까지 영원히 좋은 동반자가 되시길.

06

위를 보고 걷자

　한일수교 3년 전인 1962년 5월 12일 밤. 세종문화회관에서 일본가수 사카모토 큐가 '위를 보고 걷자'라는 노래를 부르고 있었다. 이 노래가 해방 뒤 최초로 한국 공식석상에서 불리운 일본 노래이다. 그날 아시아영화제 전야제에서 큐가 일본이 출품한 '위를 보고 걷자'라는 영화의 주제곡을 부른 것이다. 그때까지 국교가 없던 일본이지만 문화교류라는 취지에서 '위를 보고 걷자'라는 영화를 출품하였고 역시 미수교국이었던 중공(중국공산당 정권. 중국)서는 '태풍'을 출품하였다. 수교국 홍콩에서는 '종말 없는 사랑' 필리핀에서는 '아리 아리 기타'를 출품하였다. '위를 보고 걷자'는 1961년 토시바레코드에서 발매하여 일본서 선풍적인 인기를 불러 모은 뒤 1963년 미국으로 건너가 빌보드 차트에서 3주 연속 1위를 한다. 그 뒤 아시아에서는 1997년 필리핀의 프레디 아퀼라가 '아낙'으로 5위를 하였고 2012년 11월 우리나라

싸이는 7주 연속 2위를 하여 기염을 토한 바 있다. 요즘은 방탄소년단이 7위를 하고 있다고 한다. '우에오 무이테 아루코오'라는 일본 곡목이 발음하기 힘든 서양에서는 일본 불고기 이름인 '스키야키'라는 노래로 소개되어 현재도 이 노래 제목으로 알고 있는 사람이 많다.

혜성처럼 빛나던 사카모토 큐는 1985년 8월 43세로 비행기 사고로 죽는다. 사람 인생이란 한 치 앞을 알 수가 없다. 한창 나이에 요절하는 것도 그렇지만 일본항공 외는 절대로 타지 않던 큐가 그날은 일정은 바쁘고 일본항공 비행기 표가 없어 전일항공을 탔다가 사고를 당한 것이다. 하긴 그만한 영광을 누렸다면 그 쯤에서 죽는 것도 크게 허무한 일은 아닐 것 같다. '위를 보고 걷자'의 노랫말은 '눈물이 흘러 넘치지 않게 고개를 들어 위를 보고 걷자'라는 말이 반복된다. 보통 이 노래를 듣는 사람들은 실연한 사람이 깨어진 사랑을 그리며 부르는 노래로 알고 있다. 그러나 이 노래의 가사는 남녀 이별의 아픔을 묘사한 것이 아니다. 이 가사를 쓴 '에로쿠스케'는 1950년대 말 일본을 뒤흔든 '미일안보조약'을 반대하는 사람이었고 나중에는 시위까지 참여하며 적극적으로 투쟁한다. 그러나 그의 뜻은 좌절되고 만다. 이 가사는 그의 정치적, 이념적 좌절의 슬픈 감정을 표현한 것이다. 질질 짜며 실패를 한탄할 것이 아니라 다음 기회를 기다리며 흐르는 눈물을 감추고 이를 악무는 한 사나이의 모습을 가사에서 본다. 대성통곡하며 감정을 직설적으로 표현해야 직성이 풀리는 우리 방식과는 다른 일본식 불만의 승화이다. 원자탄으로 박살이 난 히로시마나 나가사키 사람들을 만나보면 절대로 흥분하여 미국사람을 욕하는 법이 없다. 욕은 커녕 감정조차 나타내지 않는다. 그러나 눈물을 감추고 말 없이 있어도 그들의 표정과 언어의 행간에 흐르는 깊은 분노와 적개심을 느끼는 사람은 느낀다.

사카모토 큐는 도쿄와 요코하마 가운데 있는 도시 가와사키 출신이다. 그는 세상을 떠났지만 고향에 여전히 살아 있다. 그 도시에서 하루 종일

J.R열차가 들어올 때마다 울리는 신호음은 '위를 보고 걷자'를 오르골로 편곡한 것이다. 대구의 지하철은 전차가 들어올 때 요란한 기계음을 울리며 주위를 소란하게 한다. 짜증난다. 알린다는 기능면에서는 뛰어난 방법일지 몰라도 인간의 정서는 전혀 고려하지 않는 무지막지한 행동이다. 대구에서도 세계적 음악가가 탄생하여 대구역에서 전철 도착 때에 그의 음악이 울리면 얼마나 좋을까? 아니 지금이라도 계성고 출신의 박태준의 '동무생각', 대건고 출신 남일해의 '이정표', 계성고 출신 도미의 '청포도사랑', 대륜고 출신의 여운의 '과거는 흘러갔다', 영남고 출신 신세영의 '전선야곡', 경북고 출신 손시향의 '검은 장갑낀 손' 등등 대구 출신 가수들의 노래가 신호음악으로 울리면 얼마나 좋을까?

07

각설이 타령

매일 아침 거지들이 우리 집에 왔다. 나름대로 예를 갖추고 온다. 머리에는 남이 쓰다버린 중절모를 주어 쓰고 온다. 중절모의 둘레를 감고 있는 천을 떼어버리고 가장자리를 푹 눌러쓰면 거지 모자가 된다. 동냥통은 바가지를 쓰다가 전쟁이 나자 깡통으로 바뀐다. 대문 앞에서 "이리 오너라" 하고 소리치면 누구라도 나올 텐데 거지 주제에 감히 주인에게 오버할 수 없으니 인기척을 노래로 하였다. "얼씨구 씨구 들어간다. 절씨구 들어간다."라는 타령이 "안녕하세요. 저희들 왔어요."라는 초인종 소리다. "오늘은 없어 그냥 가!"라는 말이 없으면 각설이 타령이 시작된다.

"작년에 왔던 각설이 죽지도 않고 또 왔네. 일자나 한자 들고나 보니 일선에 계신 우리 낭군 돌아오기만 기다린다. 이자나 한잔 들고나 보니 이승만 씨는 대통령 아주사(나는 主事-6급 공무원)는 부통령, 삼자는 삼천만의 우리민족 대한독립만 기다리네, 사자는 사천이백칠십이년 대한독립이 돌아왔소, 오자는 오천만의 중공군, 중공군도 물리쳤네, 육자는 6.25동란에 집 태우고 문전걸식 웬말이요, 칠자는 70미리 함포소리 삼천리 강산을 에워싸네, 팔자는 판문점에 열린 회담 남북대표가 나오네, 구자는 군대생활 3년만에 이등병이 웬말이요, 장자(십자)는 장하도다 우리민족 평화통일 이루었네."

구구절절이 맞는 말이다. 고상하고 애국적인 가사다. 거지들은 노래를 주고 어른들은 밥을 준다. 한 번은 총각거지가 문전에서 우는 목소리로 "밥 좀 주소" 하다가 어른들에게 혼나는 모습을 보았다. 아무리 얻어 먹어도 아침부터 예가 없고 당당하지 못하다고 그게 꾸짖었다. 당시는 남의 애라도 내 사식처럼 교육을 했다.

스님을 비구(比丘)라고도 하는데 거지의 인도말이다. 거지는 모든 것을 다 내려 놓은 구도자이며 음유시인이다. 그들은 중생이 복짓게 해준다. 그래서 당당하다. 고객과 대등하게 거래를 한다. 고객들에게 깡통 박자에 맞춰 노래를 불러주고 소설 대목도 흥얼거려도 준다. 〈십전소설(十錢 小說)〉에 '각설(却說)'이라는 말이 자주 나왔다. 거지들이 이 소설을 타령조로 읽어주다보니 그들의 이름이 각설이가 된것이다. 〈요미우리〉 신문이 읽어주며(요미) 팔다(우리)보니 요미우리(讀賣)가 된 것처럼 말이다. 원효 스님은 거지타령을 통해 불경을 전파시키며 위대한 민중불교를 창시한 분이다. 한국의 원조 각설이 대장은 원효 스님이 될 것이다. 그 다음으로 "얻어 먹을 수 있는 힘만 있어도 그것은 주님의 은총입니다."라며 구걸해서 환자 거지를 봉양한 김귀동 거지왕초, 그리고 거지 없는 세상을 만들겠다고 그의 생애를 바친 거지대장 김춘삼이 정도가 자유, 평등, 박애의 실천자인 원효 스님의 후계자들일 것이다.

판사가 "각하 세끼 짬뽕" "각하 새끼 빅엿"이라는 치기어린 대사를 외치고 국회에 선서하러 나온 국회의원이 백바지를 입고 나온다. 게다가 그런 인간들이 인기를 끄는 세상이다. 요즘 부자나 고관대작들은 거지는 커녕 거지 발싸개 보다 못한 사람이 많다. 공자는 세상이 하도 '몬도가네 (Mondo cane)'가 되어가니까 '군군신신부부자자(君君臣臣父父子子)'를 외치며 끙끙 속앓이를 하였다.

대구 종로에 있는 화교소학교에 가보라. 운동장 한 켠에 서 있는 벽에 관자의 말인 '禮義 廉恥'(예의 염치-예절, 의리, 청렴, 부끄러움)이라는 사유(四維)를 써놓았다. 중국인들은 사유를 모르는 인간은 짐승이라고 부른다. 각설이는 아리랑처럼 지방마다 다른 버전들이 있다. 웬일인지 각설이 공연장은 대구에 없다. 대구각설이 타령은 정말 대구다운 시어를 쓰고 있다. 반월당은 종교의 메카다. 보현사가 있고 남산교회가 있고 관덕정이 있다. 제 마음에 드는 곳에 앉아 지금 내가 인간의 길로 가고 있는지 축생의 길로 가고 있는지 대구 각설이 타령을 독송하면서 묵상하여 아귀지옥을 벗어나 보자.

08

돌아오지 않는 강

1954년 2월 16일 마릴린 먼로가 대구 동촌 공군비행장에 왔다. 한국전에서 싸우고, 아직 떠나지 않은 UN군 장병들의 위문 쇼를 하기 위해서다. 그날부터 나흘간 코미디언 밥 호프를 사회자 삼아 동갑내기(1926년생) 최은희, 백성희 그리고 김동원과 함께 전선을 누빈다. "내 생애 가장 인상 깊은 곳은 코리아다. 꽁꽁 어는 겨울 야외무대에서 짧은 옷을 입고 추위에 떨며 군 위문공연하던 나흘간은 내 생애 가장 뜻깊은 시간이었다."라고 그녀의 자서전에서 고통과 보람을 말했다.

먼로는 그해 1월 14일 야구선수 조 디마지오와 결혼을 하고 신혼여행 중 대구로 온 것이다. 동촌 위문 공연 때 병사들에게 둘러싸여 전투기에 걸터앉아 그녀의 특기인 천진난만한 얼굴로 활짝 웃고 있는 사진을 보면 천사의 모습을 느낀다. 미국 사람들은 국가를 위해 봉사하는 사람을 최고로 치는 나라이다. 어디 줄 서는 모임에 가면 군인들을 먼저 끼워넣어 준다든지 싼 음식 먹는 병사들을 보면 고급 스테이크를 대접하는 신사 등은 자주 보는 광경이다. 신혼여행 중에 대구에 온 먼로의 행동은 개인의 아름다운 심성도 있었겠지만 미국인 전체의 보편적인 사고를 느끼게 하는 사건이다.

그녀는 배우였지만 춤과 노래에도 뛰어난 소질을 갖고 있었다. 누가 뭐래도 미남 배우 로버트 미첨과 함께 출연했던 미국 서부영화 '돌아오지 않는 강'에서 그녀가 기타 치며 부른 동명의 영화주제곡은 영화와 더불어 오래 남을 명곡일 것이다. 군 위문 공연 때도 이 노래를 불렀을 것이다. 원래 옷을 잘 벗는 그녀이지만 혹한의 한국 전장에서 짧은 옷 몇 가지 걸치고 쇼를 하고 다녔으니 동사할 뻔했다. 그때 골병든 탓일까 아니면 불행한 출생과 성장의 상처 탓일까, 그녀는 사랑을 찾아 이 남자 저 남자를 전선하다 젊은 나이에 세상을 뜨고 말았다. 상대 중에 가장 유명한 사람은 케네디 대통령이 아닐까 싶다.

대구 방어선이 없었으면 대한민국은 존재하지 못했을 것이다. 서부의 낙동강과 중부의 다부원 그리고 동부의 영천, 안강을 지키지 못했으면 적화통일 되었을 것이다. 이 방어전에서는 전군이 선방을 했지만 그중에서도 최고로 공헌한 것이 대구에 기지를 둔 공군이다. 몇 년 전까지 대한민국의 최대의 공군기지는 대구였다. 최신예 비행기 팬텀도 대구가 그 기지였고 현재도 최신형 F-15 K도 대구가 주기지이다. 전쟁 끝나고도 한참 동안 미국 공군이 동촌에 주둔했었다. 당시 K-2 앞길은 미국 서부영화에 나오는 환락의 거리 같았다. 간판은 영어로 되어 있었고 술 취한 미국 공군들이 거리를 활보하고 다녔다. 마릴린 먼로가 엄동설한에 그것도 신혼여행 중에 대구 공군비행장에 왔었다는 사실은 아직까지도 미국에서는 전설 같은 이야기로 전해지고 있다. 그러나 우리나라에서는 그녀가 왔다 갔다는 사실조차 아는 사람이 드물다. 남의 나라는 조금이라도 이름 있는 사람이 다녀가면 반드시 자그마한 비석을 만들어 그 사실을 남긴다.

　대구선 폐 철교나 공군비행장 입구 길에 '먼로의 길'이라는 이름을 붙였으면 좋겠다. 그리고 조그마한 비석을 세워 '강에서 내 사랑을 잃어 버렸으니 평생토록 사무치게 그립겠지요. 돌아오지 않는 강 밑으로 영영 가버린 님'이라고 쓰인 돌아오지 않는 강의 가사를 새겨 놓으면 대구를 찾는 이들의 마음을 따뜻하게 만들 것이다. 전쟁 중 창공을 날아가 영영 돌아오지 않은 임들은 아직도 잊지 않았겠지. 그 명랑했던 새댁이 춤추고 노래하던 1954년 그 추웠던 2월의 대구 K-2 공군비행장을.

09

지구가 아프대요

60년대 서울 시내버스 잡상인들 중 사탕장수들도 있었다. "이 색색깔이 줄줄이 사탕은 저 멀리 강건너 영등포에 자리잡고 있는 ○○제과회사에선 만든…" 그들의 영업멘트의 시작은 늘 이랬다. 60년대 초까지 여의도에 공군과 민간 비행장(K.N.A)이 있었으니 한강 건너 영등포공업단지는 서울 시내에서 한참 먼 곳이었다. 대구의 공장지대는 침산동에 있었다. 삼성의 제일모직, 삼호방직, 내외방직, 대성연탄, 경북연탄 등 수십 개의 큰 공장들이 침산동에 있었다. 영등포, 침산동 공장의 높은 굴뚝에서 내뿜는 검은 연기는 국부(國富)의 상징으로 시민들의 가슴을 뛰게 만들었다. 그 무렵 새벽이면 동촌이나 화원에서 농부들이 인분을 수거하러 '소구루마'를 끌고 시내에 왔다. 동촌에 가면 인분 냄새가 진동했다. 반야월쪽은 능금농사를 지어 인분을 쓰지 않았지만 동촌 역주변과 불로동 쪽으로는 채소를 주로 재배하므로 이곳에 냄새가 심했다. 공장의 매연과 폐수 그리고 소음, 시골의 무분별한 산야의 초목남벌, 가축분뇨 방류와 거름의 냄새는 사람의 생명을 단축시키고 정서를 흩트려 놓은 심한 환경공해였지만 당시는 이것들이 나쁜 것인지도 아무도 몰랐다. 가난을 물리쳐주는 과정이라고 생각하고 시민들은 참고 살았다.

이런 시절 대구의 한 여류시인이 음풍농월(吟風弄月)적 작품활동에서 환경운동으로 뛰어들었다. 공장주들은 환경공해에 무관심하였다. 직원들이 공해로 죽어가고 시민들마저 병들어가지만 오불관언(吾不關焉). 농민들은 나무를 함부로 벌목하여 산천을 황폐화시키고 농축산폐기물을 마음대로 버렸다. 정부는 눈감고 있었다. 1993년 김황희 시인은 쓰레기 분리수거통을 만드는 운동과 힘께 시작(詩作)을 통해 환경운동을 시작하였다. 인간이 지구를 병들게 하고 결국 그 병든 지구는 사람을 멸망시킨다는, 당시로서는 앞서가는 명제를 주장하며 푸른 정신심기를 시작했다. 이때 발표한 '지구가 아프대요'라는 시는 환경운동에 관심이 없는 사람들에게는 충격의 일격을 주는 작품이다. 이 시는 전국의 초중고등학교에 보급이 되었다. 김황희 시인은 1994년에 환경노래보급협회를 설립하고 환경노래집 '지구는 아름다운 세상' 외 총 32편의 시가 실린 환경노래집을 만든다. 한참 뒤 정부와 관계 기관들도 환경운동에 동참하게 되었다. 김 시인은 KBS대구방송과 협조하여 시인 21명, 중등학교 음악교사와 대학 작곡과 교수 23명 그리고 성악가들과 환경시를 노래화하고 발표하는 단체를 만들게 된다.

김황희 시인은 초기에 중소기업하는 남편 윤창준 사장과 사재를 털어 단체를 만들고 책자를 만들며 환경운동을 시작했다. 몇 년의 고난의 시간이 흐른 뒤 조력자도 늘어나고 후원금도 생기게 된다. '환경을 깨끗이'가 초등학교 5학년 음악교과서에 등재되고(1997년) 이어 '지구가 아프대요'가 초등학교 5학년 음악책에 실린다(2001년). 같은 해 중학교 환경교과서에도

'금수강산'과 '지구 아낌없이'가 등재된다. 2000년에는 대통령표창을 받게 된다. 이 무렵부터 환경운동은 본격적 궤도에 오른다. 2006년에는 중학교 음악교과서에 '자원절약' '지구는 오아시스' '남북통일 별곡'이 실린다. 같은 해 고등학교 음악교과서에 '산정에 올라'가 실린다.

가인박명(佳人薄命)이라 했던가 김황희 시인은 65세 아까운 나이에 세상을 뜬다. 그동안 작시한 환경노래는 350여 곡이고 환경노래창작 모음집은 11권이 된다. 김 시인은 대구를 떠났다. 하지만 그가 참여해 만든 KBS대구 어린이합창단(95년 시작)의 환경노래 부르기 정기공연과 초중고 환경노래 부르기 경연대회(98년 시작)가 지금도 활발하게 진행되고 있다. 초목장으로 자연으로 돌아간 시인이 해마다 울려퍼지는 이 합창단들의 노래소리에 빙그레 웃는 모습이 눈에 선하다.

10

아이돌 양파의 노래

하늘이 하는 일은 공평하다. 공부 잘하면 운동을 못하고 노래 잘하면 인물을 못생기게 만든다. 그러나 대구의 딸 양파는 예외다. 문무를 겸비한 가수다. 뛰어난 미모에다 노래 잘하고 공부까지 잘했으니 대한민국 여자 가수로서 이런 팔방미인은 처음이다. 1979년 대구 만촌동에서 이은진으로 태어난 양파는 대청초등, 소선여중을 다니며 학력고사 1등의 성적과 빼어난 노래 솜씨를 갖고 서울 무대에 도전한다. 중경여고를 졸업도 하기 전에 그의 재능이 빛을 본다. 17세 고교생인 그녀가 1997년 데뷔곡으로 부른 '애송이의 사랑'은 82만장이 팔리며 온 나라를 떠들썩하게 만들었다. 그해 KBS 가요대상, 올해의 가수상, 제8회 서울가요대상, 신인상, MKTV 가요대전 인기가수상, 최우수 여자 신인상, 지상파 3사 가요제에서 신인상을 받으며 온갖 상을 쓸어담는다.

양파는 대구가 낳은 수많은 가요인들 중에 가수, 또 아이돌 가수 중 최고로 유명한 연예인이다. 양파의 출현 이후 계속해서 기라성 같은 대구 젊은 가수들이 서울 무대를 휘젓고 다닌다. 장우혁, 정재욱, 징고, 허책, 가람, 마카, 낙타, 민우, 뷔(방탄소년단), 송유, 에스쿱스, 이승협, 장문복, 정균, 준케이, 김기범(샤이니), 가희, 길미, 레이디 제인, 박규리, 헤이즈, 금조, 낸시, 보나, 시연, 소진, 아리, 아이린, 예나, 여진 등 수많은 아이돌 가수들이 서울에서 고향을 빛내고 있다.

전북 운봉에 가면 국악전시체험관, 독공실, 야외공연장, 국악인 묘역, 사당이 있고 고창에 가면 판소리 박물관이 있다. 남원에도 그런 비슷한 공연장과 기념관들이 있는데 그중에도 국악성지전시관이 특히 유명하다. 국악이나 가요나 다 같이 서민들의 음악이다. 전라도에서는 손으로 꼽을 수도 없을 만큼 국악관련 체험장, 공연장, 기념관이 즐비하다. 대구는 수많은 가요인들이 태어났고 또한 그들이 발표한 노래가 전 국민의 애창곡이 된 것이 많다. 대구 출신이 아니라도 대구에서 레코드를 내어 출세한 가수도 많다. 대구는 가요의 메카이다. 하지만 아무 것도 없다. 방천시장 한 귀퉁이에 김광석거리라고 이름 붙인 초라한 기념거리만 있을 뿐이다.

일본 돗토리현의 사가이미나토시는 인구 3만 5천의 볼품없는 도시였다. 특산물도 없고 경치도, 온천도 별 볼일 없는 곳이었다. 하지만 그 도시가 지금은 세계적인 도시로 변모되어 가고 있다. 그 도시에서 태어난 만화가 '미즈키 시게루' 덕이다. 그는 생전에 인기 요괴만화작가였는데 특히 '게게게노 키타로'라는 만화가 최고의 인기였다. 65년 죽기 전에 그의 만화에 나오는 캐릭터 100개를 고향에 건네주었고 고향 사람들은 온 도시를 그 요괴로 가득 채웠다. 특히 작가 이름을 딴 '미즈키 시게루 로드'에 가면 온 거리가 요괴로 가득하다. 이 풍경을 보기 위해 전 세계 사람들이 몰려들어 볼 것 없고 못 먹고 살던 빈촌이 이제는 부유한 관광지로 변모하고 있다.

대구는 대한민국 가요의 알파요 오메가이다. 유명 가수를 가장 많이 배출했음은 물론이요 최초의 음악감상실, 지방 최초 레코드 회사, 영화 촬영지 등등 대중 예술의 황금같은 보물이 쌓여 있다. 이 예술적 자산이 그대로 썩고 있다. 대구는 쓰지 않는 배수지 터를 비롯한 빈땅이 많다. 대구가 낳은 모든 가수를 기념하는 가요 박물관과 공연장을 만들어야 한다. 전혀 연고 없는 청도 각북에 와서 전국에서 가장 유명한 코미디 공연장과 박물관을 만든 전유성 씨에게 많이 배워야 한다.

11

번지 있는 주막

　어릴 때 외조부님이 대구에 오시면 항상 " '수락'(수락)이가 실컷 가르쳐 놨더니 겨우 대학에서 한문이나 가르치고 남의 병풍 글씨나 써주며 부끄러운 줄 모르고 한심하게 산다"고 투덜대셨다. 아시다시피 이수락 선생은 대구경북 최고의 유학자이시고 대구향교의 전교까지 하신 분인데 당시 우리 할배 눈에는 성에 차지 않았던 모양이다. 의성 진성 이씨들 집성촌에서 서당 훈장 하는 할배의 눈에는 퇴계 후손이 민촌(民村)인 대구로 가서 사는 꼴도 보기 싫은데 일본인들이 도입해 놓은 시스템에 적응해서 사는 제자의 삶이 심히 못마땅했던 모양이다. 제자뿐만이 아니고 대구 사람 모두를 다 그렇게 내리 보았다.

　외가 동네 네 명의 아재비, 조카들은 매주 일요일 아침이면 장구, 북, 꽹과리 그리고 징을 몰래 챙겨 들고 깊은 산중으로 들어갔다 저녁에 내려왔다. 아무도 그들이 하는 행동을 보지는 못했어도 무엇을 하고 왔는지는 아는 사람은 다 안다. 아재들은 호랑이 할배의 성격을 무서워하면서도 공일날만 되면 산속으로 들어갔다. 요즘이야 가요교실, 가곡교실 그리고 기타, 색소폰, 하모니카, 국악기 학원들도 많고 정부기관에서도 가르치는 판인데 당시 반촌(班村)에서 갖바치나 상것도 아니면서 꽹과리를 친다는 것은 동네서 퇴출감이다. 그럼에도 불구하고 그 동네 '부라더스 포'는 발걸음을 죽이고 오랫동안 산속을 들락날락했다.

불로천 상류를 따라가다 도동 측백나무 숲 못 미처에 매운탕 집이 하나 있다. 문패도 번지수도 다 있다. 그러나 시내서 올 때 교통이 불편하고 주인도 소신 영업하는 탓인지 그다지 붐비는 집은 아니다. 그러나 한 번 온 사람은 이 집의 단골이 된다. 매력이 있는 집이다. 매운탕이 맵지 않다. 없어진 강창 매운탕이 전국적으로 이름을 날릴 때 그 맛이다. 혀가 터지게 아프고 짭고 맵게 해서 그게 매운맛이라고 우기는 요즘 것은 탕의 자격이 없다. 목 넘기기가 쉽고 혀에 은근히 감기는 매운맛, 그러나 땀이 나는 매운맛. 그 맛이 이 집에는 아직도 남아 있다. 이 식당에서 메뉴 선택권은 주인에게 있다. 손님이 주제넘게 "빠가사리 주시오. 메기 주시오, 붕어 주시오." 하지 못한다. 이 집은 그날그날 잡아오는 고기에 따라 요리하기 때문에 언제 무슨 고기가 상에 오를지 모른다. 손님은 다만 "오늘은 무슨 요리가 되나요?"라고만 물을 수 있다.

주인은 듣기 싫을지도 모르지만 이 집이 문전성시 이루지 않기를 바란다. 조용해야 가게 옆으로 흐르는 불로천의 물소리, 측백나무에 깃든 새소리, 산야초(山野草)가 싹 트는 소리를 들을 수 있기 때문이다. 그러나 사실은 주인의 기타 연주를 듣기 위해서다. 이 집은 음악카페가 아니다. 주인이 기타를 치고 드럼을 치는 걸 아는 사람도 잘 없다. 손님이 없는 시간이나 늦은 밤 가게가 '시마이' 하면 주인은 기타를 잡는다. 밤하늘의 별똥별과 샛강 흐르는 소리가 기타의 합주곡이다. 주인은 우렁각시처럼 낯가림이 심해 남이 있으면 연주를 하지 않는다. 단골 자격이 있는 사람이 진실하고 불쌍한 모습을 하며 빌고 조르면 그제야 주인은 '애수의 소야곡'을 들려준다. 계속 아부를 하면 '해운대 엘레지'도 들을 수 있다. 연주곡 중에 가슴 찡한 곡은 기타로만 연주되는 '달도 하나 해도 하나'이다. 노래 가사도 눈물이 난다. 한국전쟁 때 대구형무소에 예비 검속되어 있던 보도연맹 가입자들이 가창골에서 집단 총살될 때 불렀던 노래이다. 사장님의 애창곡 '번지없는 주막'이 나오면 공연의 끝이다. 이때는 주객이 제창하며 식당의 불도 꺼진다. 외가 아재들, 식당 주인이 다 나보다 옳게 산다. 인생도처유상수 (人生到處有上手).

12

색향(色鄕) 대구

조선이 망하면서 관기제도가 폐지되자(1909년 4월) 경상감영과 대구부 관청에 예속되어 있던 교방 관기들이 실직을 하게 되었다. 그들이 호구지책을 위해 1910년 5월에 만든 단체가 '대구기생조합'이다. 1922년 6월에는 일본인 아이바라 산페이(粟飯原 三平)도 25명의 기생들을 모아 '대구권번(大邱券番)'을 향촌동에 만든다.

경부선이 개통되어 교통이 트이자 서울, 평양 다음 삼대 도시였던 대구는 물산의 왕래가 빈번해지고 경제가 융성하게 된다. 소문 듣고 일본인들이 대거 몰려오고 삼남 각지 조선인들도 돈을 벌고자 모여들었다. 금광이 발견된 알라스카와 드넓은 서부 농장으로 일확천금을 꿈꾸며 몰려드는 개척 시의 미국인들의 행태와 흡사했다. 돈은 주색잡기와 남매간이다. 기생되어 생계를 이어나가겠다는 여인들이 전국에서 모여드니 기생학교가 모자란다. 1927년 1월 6일에는 관기 출신 염농산이 상서동 20번지에 '달성권번'을 설립한다. 권번에는 많은 대구경북 미녀들이 있었다.

옛날에는 남남북녀라고 했다. 통통한 여자를 미녀로 보았기 때문이다. 나라가 서구화 되면서 흰칠하고 미끈하고 갸름한 대구경북 여성의 신체가 미녀로 각광을 받게 된다. 1958년 동인동 출신 오금순이 미스코리아 진이 된 이래 1987년에는 장윤정이 미스코리아 진이 되고 다음해 미스유니버스에 나가 2위를 한다. 2000년 손태영, 2001년 서현진이 미스코리아에 입선을 하였다. 2007년부터 2016년까지 미스 대구경북 입상자 중 한 명은 무조건 본선 진선미 중에 포함이 되는 기염을 토한다. 미인대회를 나가지 않고도 소문난 대구 미녀는 한채영, 추자현, 민효린, 송혜교, 엄지원 등이 있다. 평양기생, 진주기생 그리고 강계 미녀라는 말이 있다. 그러나 영혼이 있는 미녀의 고향은 대구다. 세 명의 여왕과 한 명의 여성대통령과 여당대표가 어느 고장 사람인가?

감영에서 관기들을 관리할 때는 육예(예,악,사,어,서,수)를 가르쳤다. 예는 몸가짐, 마음가짐을 바르게 하는 것이다. 시경도 당시 유행하던 음악의 가사를 공자가 모은 책으로 교양인은 악이 필수였다. 사는 활쏘기로 사정에 나가 궁술을 가르쳤다. 말 타기도 가르쳤고 이를 어라고 한다. 수와 서는 계산과 독서다. 기생들을 엘리트 양반들과 같은 수준으로 만들기 위한 교육과정이다. 일본의 시골 검객 미야모토무사시(宮本武藏)가 당대 최고수 검객인 사사키고지로오(佐佐木小次郎)를 나무칼로 베어 죽일 수 있었던 것은 그에게 노자 도덕경의 무위자연(無爲自然) 사상을 알게 해준 교토 한 기생의 가르침 덕이라고 한다.

대구 기생들이 국채보상운동에 앞장서고 앵무는 집을 팔아 성금을 만들었던 것도 이런 교육의 결과이다. 기생 교육의 실천적 표현이 시, 가무, 붓글씨, 판소리 그리고 그림 그리기였다. 관기들은 권번 소속이 되고도 그런 교육을 계속 받았다. 요즘 예능인이 되고자 하는 젊은이들은 SM, JYP, YG, NHM 등의 엔터테인먼트회사에서 연기와 춤 그리고 노래에 대한 지도를 받는 것과 같다. 중앙통 좌우에서 울려 퍼지던 악기와 창 그리고 유행가 소리는 권번에서 혼신의 힘을 다해 교육 받는 기생들의 피나는 노력의 소리였다.

양풍(洋風)이 불자 대구의 기생들은 관능적이고 향락적인 곳의 노류장화(路柳墻花)로 전락이 되어간다. 권번이 한정식 집과 접목 되어 요정이란 새로운 시스템으로 변했다. 대구 향촌동에만 130여 곳이 있었고 4,500명의 기생이 있었다. 접대부로 변질된 기생들은 멸시의 대상이 된다. 전두환 대통령 시절 고위공직자들의 출입금지령이 내리고 요정은 없어졌다.('가미' 한 군데만 남았다.) 그 후 대구이 술집에는 더 이상의 철학을 품고 문화를 창조하는 해어화(解語花)는 살아지고 웃음 파는 에레나만 남아 있다.

13

백년설 설움

2003년 5월 25일 성주 성밖숲에는 전국에서 온 3천 명 넘는 사람들이 운집해 있었다. 이 고장 출신 전설의 가수 '백년설 가요제'를 보기 위해서 였다. 당시로서는 시대에 앞서가는 기획을 성주 주민들이 한 것이었다. 그러나 가요제는 그해 시작하고 다음해부터는 열리지 못하게 되었다. 진주에서도 해마다 열리던 '남인수 가요제'도 어느 날부터 개최하지 못하게 되었다. 두 가요제 모두 시민단체와 일부 주민들이 두 가수가 친일행위를 한 인물이기 때문에 기념가요제는 할 수 없다고 치열하게 방해한 탓이었다.

백년설은 성주농업학교를 졸업하고 문학에 소질이 있어 시와 각본을 쓰다가 콜롬비아레코드사에 입사해 작사가 생활을 시작했다. 문학공부를 더해보겠다고 일본 고베에 갔다가 우연한 기회에 그가 작사한 '유랑극단'을 취입하게 되는데 1939년에 레코드가 발매되자 뜻밖에 큰 성공을 거두게 되어 백년설이란 이름으로 가수의 길로 가게 된다. 고베 태평레코드사에 전속이 되어 '두견화 사랑' '고향의 지평선' '일자일루' '마도로스 수기' '북방 여로'가 잇달아 발표되며 모두 히트를 치게 된다.

백년설은 성주에서 태어났지만 1940년 초반부터 50년 중반까지 대구에 기반을 두고 활약을 하였다. 봉산동에 살았는데 다재다능한 그는 성명학도 공부하고 고아원도 경영하였다. 돈이 벌리지 않자 현 동아백화점 부근에서 목재상을 하기도 하였다. 1940년에 발표한 '나그네 설움'은 10만 장 이상의 매상을 넘긴 큰 작품이었으나 가사에 문제가 있고 만주 보천보 사건과도 관련이 있다는 혐의로 백년설과 작곡가 조경환은 경찰서에 끌려가 혹독한 고문을 당하였다. 그러나 가수 활동은 허용이 되어 '어머님 사랑' '제3유랑극단' '한 잔에 한 잔 사랑' '눈물의 수박' 등을 계속 발표하게 된다. 1941년에는 오케사로 이적해 '고향설' '아주까리 수첩' '복지만리' '대지의 항구' '꿈꾸는 항구선' '비련의 마도로스' '고향길 부모길' '봉화대의 밤'을 부르게 된다.

이 무렵 태평양전쟁은 치열하게 전개되고 있었고 일제의 한민족 탄압도 더욱 극악해지고 있었다. 1930년대 말에 시작된 창씨개명은 40년대 더욱 열을 올리고 전시 동원체제를 선포하고 궁성요배, 징용, 징병, 학병, 정신대, 보국대, 공출 등이 행해진다. 전시 동원체제가 되자 한반도 내에서 반일, 항일을 한다는 것은 힘없는 개인으로서는 감히 엄두를 낼 수가 없었다. 먹고살기 위해서는 만주나 하와이로 도망가지 않는 한 민족 모두가 친일, 부역해야만 되는 상황이었다. 1942년 총독부 명령으로 남인수와 장세정은 친일 노래 '그대와 나'를 부르고 1943년에는 남인수, 이난영이 부른 '2천 5백만의 감격'이 발표되고 그 레코드 뒷면에는 백년설, 남인수, 박향림이 부른 노래 '혈서지원'이 실려 있다. 1절은 백년설이 부르고 2절은 박향림, 3절은 합창, 4절은 남인수가 불렀다. 이 몇 곡의 노래들은 아직도 일제 부역이라는 원죄가 된다.

남인수는 집이 가난해 학교도 못 다니고 일본에서 공장 노동자로 일했다. 그러나 노래에는 뛰어난 소질을 보여 1935년 17세 때 서울로 가 시에론레코드사에서 '애수의 소야곡'과 '눈물의 해협'을 불러 가수로 데뷔하고 경성방송국에 출현한다. 레코드사 전속으로 취업하여 '애수의 소야곡'을 재취입하여 공전의 히트를 친다. 노동자, 농민의 아들로 태어나 없어진 나라에서 호구지책으로 친일 노래 한두 곡 부른 것이 지금까지도 소수 이념에 몰두한 단체에 의해 단죄되는 세상 인심, 꼬리가 몸통을 흔드는 세상. 친일을 넘어 거액의 격려금을 받고 작위까지 받은 매국노의 후손들은 국회의원도 하고 갑부도 되었다. 백년설, 남인수는 저승에서 자주 한 동이의 술을 앞에 두고 듀엣으로 '나그네 설움'을 부르고 있을 것이다.

14

약장수의 CM 송

    우리나라가 못 살 때 길거리에는 가짜 약장수들이 판을 치고 다녔다. 거친 음식에 속을 버려 위장약이 많이 팔렸고 노동에 골병들어 관절통약이 또한 인기였다. 나라 살림이 좀 나아지면서는 과음해 나빠진 간 치료약, 일 때문에 골치 아파 두통약으로 바뀌기 시작했다. 이런 변천 가운데서도 남자들의 양기를 돋운다는 약은 늘 인기를 끌고 있었다. 떠돌이 약장수는 요즘 기준으로 보면 모두가 의료법 위반으로 구속되어야 할 사람들이지만 당시는 반가운 손님들이었다. 약장수들이 익살을 떠는 곳에는 반드시 노래가 있어 그들은 시민들의 환영을 받았다.

    칠성시장 옆 신천변에는 광목으로 가리고 단을 만들어 극장식 약장수 무대가 자주 섰다. 상설 무대는 아니었지만 한번 시작하면 며칠씩 공연을 하였다. 그곳의 레퍼토리는 주로 국악이다. 분위기는 요즘 KBS의 국악무대와 흡사했다. 가수 혼자 나와 창을 하기도 하고 떼로 나와 춤추며 타령을 불렀다. 장구는 우리 악기인데도 가요 반주에도 기막히게 어울렸다. 가끔 목포의 눈물이나 비내리는 고모령 같은 신식가요도 맛보기로 들려주는데 장구로 반주를 하면 모두들 신이 나서 어깨를 들썩거렸다. 대구는 기생학교가 몇 개 있었고 경상감영에는 전국 명창을 뽑던 예향이 열렸기에 귀명창들이 많아 약장수 공연이라도 내용이 시원찮으면 청중이 집에 갔다. 그래서 노래들의 수준이 높았다. 파는 약은 만병통치약이다. 큰병에 물약을 넣어서 파는데 속병, 카타코리 통증, 대하, 하초부실, 화병 등 안 듣는 병이 없는 명약을 팔았다.

교동시장이 정식 시장이 못 되고 양키시장으로 불리던 시절, 긴 골목을 이북 피란민들이 시장을 만들어 가고 있었는데 미군 부대에서 흘러나온 갖가지 생활용품들과 군용물품들이 주로 거래되었다. 아직도 군데군데 공터가 많아 여기가 약장수의 선전장이었다.

이곳의 약장수들은 서양식으로 장사를 했다. 칠성시장과는 달리 무대가 없고 출연진도 한 두 사람뿐이었다. 악기는 색소폰, 기타 그리고 손풍금이 주로 등장했는데 노래는 거의 우리 가요였지만 가끔은 '유아 마이 션샤인' '다이아나' '싱싱싱' 등 서양 노래도 연주가 되었다. 여자 가수를 데리고 다니는 패들은 '봄날은 간다' '홍콩 아가씨' '아메리카 차이나타운' '나는 열일곱살이에요' 등을 자주 불렀다. 남자는 가수가 따로 없고 연주자가 부르는데 '선창' '나그네 설움' '울고 넘는 박달재' '신라의 달밤' '서울 가는 십이 열차' '고향만리' '베사메무초' 등 주로 남인수, 현인, 백년설의 노래를 불렀다.

시장이 아닌 곳에서도 약장수가 있었다. 시청 앞이나 달성공원, 동인동 뚝방 아래서 약을 팔았는데 이런 데서는 음악이 없었다. 원숭이를 한 마리 데리고 다니며 장대 넘기를 시키거나 산 뱀을 목에 걸고 몸 위를 기어 다니게 했다. 가끔은 차력사가 가슴에 감은 굵은 철사 줄을 끊거나 가라테로 벽

돌을 깨면서 호객행위를 하였다.

　집에서 술을 담그는 행위, 산에서 나무 하기, 길거리에서 가짜 약 팔기는 당시에도 불법이었다. 약 팔던 악사, 가수도 천시 받았다. 그러나 세월이 흐르자 밀주는 가양주로 빛을 보고 약장수의 떠돌이 가수도 선생 소리를 듣고 인간문화재가 되는 세상이 되었다. 석가모니가 일찍이 말씀하셨다. 인생무상이라고. 세상살이 변하지 않는 것은 없다. 쥐구멍에도 볕들 날이 있다. 무슨 일이든 끝까지 하면 언젠가는 빛을 보게 된다.

15

경상감영의 노래자랑

나이 든 사람들이 가장 좋아하는 KBS 텔레비전 프로그램은 '전국노래자랑'과 '가요무대'이다. 역사책을 보아도 예부터 우리나라 사람들은 춤과 노래를 좋아하는 민족이다. 일본에서도 일요일 낮 우리와 비슷한 시간에 전국노래자랑 시간이 있다. 그곳에서도 전국을 다니며 주민들의 노래 솜씨를 경쟁하는 내용은 같지만 우리와 진행하는 방법은 매우 다르다. KBS는 야외에서 녹화를 하며 노래를 못해도 거의 탈락을 시키지 않는다. 특히 노인이나 장애인이 나오면 무조건 합격이다. 그러나 NHK에서는 실내에서 노래자랑을 하며 조금이라도 노래가 틀리면 어린이고 노인이고 가리지 않고 불합격시킨다. 일본은 소수가 합격하고 한국은 극소수가 불합격한다. 한국은 너무 장난조로 진행되어 짜증이 나고 일본에서는 쓸데없이 진지하게 진행해 답답하다.

조선시대에도 전국노래자랑이 있었다. 당시에는 전국을 순회하는 공연을 하지 않았고 아마추어들은 참여를 하지 못했다. 전국에서 직업적 창꾼을 꿈꾸는 사람들은 일단 전주에 가서 대사습놀이 예선을 거쳐야 한다. 어렵게 그곳을 통과하면 대구감영 선화당에 와서 '어전 명창' 선발전에 참여하게 된다. 대구의 전국경연대회 결선을 통과하면 마지막으로 서울에 가서 국창으로 인정을 받았다. 조선 판소리에서 전라도는 소리의 전초기지이고 진정한 고수는 대구에서 발판을 마련해 서울에 가서 완성이 된다는 것이 공식 과정이었다. 대구 본선을 통과하고 서울무대에서 공연을 한 다음에 노래깨나 좀 한다는 소리를 듣게 되는 것이다.

판소리는 전라도에서 많이 불렀지만 전국적으로 불리던 노래이고 특히 개화기 이후에는 대구가 여창(女唱)의 주된 생산지가 되었다. 바록주(선산)와 박귀희(칠곡)는 대구에서 사재를 털어 사립 국악고등을 창설하였다. 그 학교의 초기에 강소춘, 김기향 그리고 김초향, 김소향 자매 등의 명창이 나오고 뒤이어 김추월, 이소향, 김록주, 임소향, 박소춘 등이 배출된다. 국악고등 외에도 달성권번, 대동권번에서도 소리꾼들이 배출되었고 판소리 선생으로는 동편제의 송홍록, 박기수, 조학진 등과 서편제의 유성준, 김창환, 박지홍, 박동진 등이 있었다. 나중에 국창이 된 송홍록도 데뷔 시절 대구감영 선발전에 나왔다가 노래가 신통치 않다고 심사위원인 기생 맹렬이한테 무참한 비판을 받고 울며 무대를 내려왔다고 한다. 분한 마음을 갖고 고향 운봉 비전리에 내려가 생사를 건 공부를 한 뒤에야 득음(得音)하여 대성을 하게 되었다는 일화는 유명한 이야기이다.

대구가 판소리의 고장이고 경상감영의 선화당과 징청각이 주된 무대였다는 사실을 아는 사람은 의외로 적다. 판소리 하면 전라도라고만 생각하는 사람들이 많다. 영남지역은 동편제 중심이었고 수많은 소리꾼들과 귀명창들이 사는 곳이었다. 현재도 무형문화재 이명희 선생을 중심으로 대구의 판소리는 그 맥을 이어가고 있다. 동학란이 전라도에서 발발했기 때문인지 동학의 탄생지를 전라도로 알고 있는 사람들이 많다. 동학은 경주 내남 사람 수운 최제우가 창설한 종교이며 시작도 거기고 지금도 그곳에 가면 동학을 닦는 도반들이 모여 산다. 예수는 이스라엘 사람인데 예수교는 딴 민족이 믿고 인도 사람 석가모니 불교도 인도에서 믿는 사람이 없는 것처럼 경상도에서 창시된 동학도 고향에서는 빛을 보지 못하고 전라도에 건너가 빛을 발했다. 조선 말기에 서민들의 애환을 신명으로 승화시키던 판소리는 전국적으로 불리던 노래인데 특히 전라도에서 더 많은 사람들이 노력을 하고 공부를 하였던 것이 사실이다. 그러나 모든 창꾼들은 대구에 와서 공인을 받아야 전국구가 되었다는 사실을 아는 사람은 적다.

16

슈사인 보이

한국전쟁 중 대구 시내 사람들은 먹고살기 참 힘들었다. 시골이야 그래도 논밭과 산이라도 있으니 초근목피(草根木皮)라도 먹을 건 있었다. 하지만 도시는 피란민들이 모여 온통 사람 투성이인데다 군인들까지 휘젓고 다녔으니 굶어 죽기 전에 지레 숨 못 쉬어 죽을 판이었다. 생산품이 없으니 군부대 가서 일해주고 끼니를 때우거나 군용물품 장사로 호구지책 하거나 미군 부대 꿀꿀이 죽(돼지먹이 죽) 얻어와 먹고사는 수밖에 없었다. UN에서 우윳가루를 자주 배급해줘 굶어 죽는 사람은 없었다.

어린이들이라고 마냥 집에서 빈둥거릴 수만 없었다. 어린 축들은 동촌에 가서 풋사과 떨어진 것을 주워 오기도 하고 역에서 내다 버린 석탄재 더미에서 '곡수'(코크스)를 캐기도 했다. 나이 좀 먹은 애들은 돈벌이에 나섰다. 특히 피란 온 어린이들은 죽기 살기로 생활전선에 뛰어다녔다. 어떤 애들은 미군 부대나 미군 가정에 남자 식모로 취업해 잔심부름이나 밥 짓고 빨래해 주고 돈을 벌었다. 어른들은 이 애들을 '하스 뽀이'(하우스 보이)라고 불렀다. 그 다음에는 신문팔이, 아이스께끼 장수 그리고 구두닦이를 많이 했다. 대우실업의 김우중 회장도 이 무렵 학교 다니며 방과 후 신문팔이를 했다. 방천시장을 주무대로 했는데 딴 애들은 해가 저물도록 뛰어다녀도 다 팔지 못했는데 김우중은 비법이 있어 매일 한 시간도 안 되어 다 팔아치우는 놀라운 실력을 과시했다.

슈샤인
슈샨 보이 슈사인 슈샨 보이
슈 슈 슈 슈 슈샤인 보이
슈 슈 슈 슈 슈샤인 보이(헬로 슈샤인 슈사인)
구두를 닦으세요
구두를 닦으세요
구두를 닦으세요
아무리 취직 못해 인색하여도
구두 하나 못 닦아 신는 도련님은요
어여쁜 아가씨는
멋쟁이 아가씨는
노 노 노 노 노 노 노 노 굿이래요
－슈샤인 보이(1952년 스타레코드사, 이서구 작사, 손목인 작곡, 박단마 노래)－

당시에 대구에 구두 신는 사람은 별로 없었다. 있어도 구두닦이에게 닦는 사람은 없었다. 구두 닦는 사람은 주로 미국 군인들이었다. 경북대 의

대(도립병원), 중앙국민학교, 경북중학교, 대구중학교 등에 UN군이 주둔하고 있어 구두 닦는 애들은 그 부근을 주로 돌아다녔다. 그 덕에 구두닦이는 영어 명칭인 '슈샤인 뽀이'라고 불렸다. 애들 직업이 여러 종류가 있었지만 주제가가 있는 직종은 구두닦이 하나밖에 없다. 중앙로가 중앙통으로 불리던 그 시절 '슈사인 보이' 노래는 역전에서 중앙통 좌우로 향촌동, 동성로, 양키시장에서 틈나는 대로, 퇴근 후 대폿집에서 많이 불리었다. 이곳 저곳 전파상 스피커에서도 크게 울려 퍼졌다. 당시는 창법이 다 그러했지만 특히 신카나리아, 백설희, 백난아 그리고 박단마의 간드러진 목소리는 사람들의 애간장을 녹였다. 문자 그대로 은쟁반에 옥구슬 굴리는 감미로운 박단마의 '슈샤인 보이'는 죽지 못해 사는 대구 시민들 가슴의 상처를 치료해주고 구두닦이 애들의 기를 살려주는 가뭄의 단비 역할을 해주는 치유의 노래였다.

내무부가 행정자치부, 행정안전부, 안전행정부, 행정자치부, 행정안전부라는 '김수한무 거북이와 두루미 삼천갑자 동방삭' 식으로 짜증나는 이름의 변천을 겪었다. 딴 나라 내무부는 그냥 수십 년 동안 내무부다. 한국에서는 내무부가 하는 일을 제목에 다 나타내려다 보니 이런 코미디를 하는 모양이다. 정부에서 개명한다면 슈샤인 보이는 '물광 내는, 불광 내는, 찍새, 딱새 구두닦이'라는 호칭을 써야 하지 않을까?

B.B.S 박스의 사장님들 아침 일과를 '슈샤인 보이' 노래부터 시작함이 어떨까요?

17

최초 음악독창회

한때 산에 다니는 사람이 박상열을 모르면 간첩 소리를 들었다. 1977년 9월 10일 박상열과 앙푸르바는 에베레스트산을 오르고 있었다. 100m만 더 오르면 대한민국 최초로 세계 최고봉을 밟는 순간이었다. 그러나 '초모룽마'(에베레스트의 현지 이름, 세계의 여신)는 그에게 미소 짓지 않았다. 갑자기 심한 눈 폭풍이 불어닥쳐 악전고투하다 산소마저 바닥나 더 이상 오르지 못하고 그 자리에서 무산소 비박을 하게 된다. 겨우 목숨을 부지하여 다음날 눈물의 하산을 한다. 9월 15일 고상돈이 셰르파 펨바 노루부와 함께 에베레스트 정상에 오른다. 국민들은 고상돈은 기억하지만 박상열은 모른다. 최초라는 말은 마력의 단어다. 성공한 사람은 천국을 느끼고 실패한 자는 지옥을 맛 보게 하는 잔인한 말이다.

대구에서 최초로 서양 노래 독창회를 한 영광의 성악가는 누구일까?

1928년 7월 14일 대구제일소학교(중앙초등학교-현재 2 · 28중앙공원) 강당에서 독일 가곡을 부른 권태호가 그 사람이다. 그가 태어난 곳은 안동이지만 대구에 살며 많은 음악 활동을 하였다. 그가 영광의 주인공이다. 1907년 대구읍성이 철거되고 새로 조성된 현대 거리에 각종 서양문화가 물밀듯 들이닥친다. 그 쓰나미에 다방이 앞장을 섰다. 대구 사람이 최초로 문을 연 다방은 '미도리 다방'이다. 1936년에 아카데미극장 부근에서 영업을 시작했는데 주인이 화가였던 탓에 그림 하는 사람들이 그 다방을 주로 출입하였다. 그 후 모나미, 청포도, 백조, 백록, 호수 등 아름다운 상호를 가진 다방들이 줄이어 문을 열었다.

'모나미 다방'은 문인들이 주로 출입하였다. 한솔 이효상도 주요 출입 인사였고 그의 책 출판기념회도 여기서 두 번이나 열렸다. 공초 오상순은 여기에 살다시피 했고 피란 온 문인들의 응접실이었다. 1935년 일본 사람이 운영하던 '아오이 다방'은 한국 사람 손으로 넘어오며 '백조 다방'이라고 이름을 바꾸었다. 다방의 옥호는 생상스의 노래 '동물의 사육제'에 나오는 '백조'에서 따왔고 당시에 드물었던 그랜드 피아노가 놓여 있었다. 그런 분위기 탓에 향토 음악인들은 여기를 아지트 삼아 모였고 권태호라는 음악의 거장은 1947년부터 1972년까지 여기를 사무실 삼아 살며 터줏대감 노릇을 하였다.

권태호는 1924년 동경으로 유학 가서 청산학원을 졸업하고 일본고등음악학원 성악과를 졸업한다. 1928년 졸업반 때 동경 히비아에 있는 '일본 청년회관'에서 4번이나 독창회를 연다. 그 후 '와세다 홀' '시고쿠 회관' 등에서 음악활동을 계속하다가 귀국하여 서울 YMCA에서 독창회를 하고 대구로 온다. 그는 생전 500회 이상의 독창회를 연 성악가이지만 '나리나리 개나리'라는 유명한 가사를 가진 동요 '봄나들이'와 '대구능금의 노래' 등을 작곡하기도 했다. 그는 생전에 총 100여 곡을 작곡하였다. 대구 사람들은 최초의 성악 발표자가 권태호인 줄 모른다. 대구 최초의 서양음악회가 열린 곳이 대구중앙초등학교(공평동) 강당인 것도 모른다. 게다가 그때 연주됐던 그랜드 피아노가 현재도 대구중앙초등학교(만촌동)에 보관되어 있다는 사실은 더구나 아는 사람이 거의 없다. 공원이 된 그 자리에는 옛날에 여기가 학교였다는 사실과 졸업생 명단, 손시향 남일해 이승엽 이만수가 이 학교를 졸업했다는 사실, 그리고 최초의 음악회가 있었던 곳이라는 팻말 하나 없다.

큰 사고가 났을 때 미국은 영웅이 누구인가를 찾고 한국은 누구에게 책임이 있는가를 찾는다고 한다. 서울, 평양 그리고 대구였던 거대한 도시가 현대화를 하며 일어났던 수많은 사건과 그 주인공을 기억하고 기리려는 노력을 하지 않는 이상한 사람들. 내 고향은 알지도 못하고 사랑하지도 않는 사람들이 아프리카 애들 돕는다고 기를 쓰고, 헌법상 불법집단으로 명시되어 있는 북한을 돕지 못해 안달이 나 있다. 정구죽천(丁口竹天)이 아닐 수 없다. 수신제가 후 치국평천하를 하라고 했는데.

18

사랑했지만

  김광석의 노래는 슬프다. 노래를 달콤하게 불러도 눈물이 나고 경쾌하게
불러도 가슴이 짠하다. 실패한 이에게 일어나라는 격려의 노래도 애잔하게
들린다. 삼덕성당 뒷골목에 있는 술집 '깡통차기'에 가면 생전에 그가 쓴
낙서가 아직도 벽에 남아 있다. "슬픈 날은 술 퍼, 술 편 날은 슬퍼." 그의
일상도 늘 슬프다. 슬픔의 김광석, 그에게 자살은 필연이었다. 김광석은
대구서 태어나 살다 서울로 이사 갔다. 입대 전까지 노래하다 1987년 대구
에 내려와 6개월의 방위병역을 마쳤다. 제대하고 나서도 노래를 불렀지만
여전히 무명가수였다. 1984년 김민기의 음반 '개똥벌레'에 참여한 게 음악
에 발을 담그게 되는 시작이었다. 대구와의 음악 인연은 대구방송국 DJ였
던 김병규가 1985~86년 사이에 그의 프로그램에 참여시킨 게 계기가 된
다. 1987년에는 홍대 앞에서 그룹사운드 '동물원'에서 '거리에서'라는 노래

를 불렀고 대구서는 대구대 대명캠퍼스에서 '사랑이 떠나간다네'를 부른다. 1988년 최초의 단독음반을 발간하게 되고 효성여대(대구가톨릭대) 가을 축제 때 초대 가수로 와 예상 외의 큰 반응을 얻게 된다. 이렇게 서울과 대구를 오가며 그의 이름이 조금씩 알려지기 시작한다. 한동안 동가식서가숙하는 낭인 신세를 면치 못하고 있던 김광석을 위해 대구의 음악인 김승근이 1989년 11월, 배성혁이 1990년 11월 연달아 김광석 콘서트를 대구에서 열어 그의 이름을 전국으로 알리는 계기를 만든다.

김광석의 서울말은 어설프다. 서울은 갔어도 온전한 '서울내기'가 되지 못한 탓이다. 1964년 1월 22일 대구 중구 대봉동에서 태어나 여섯 살까지 남도극장 근처와 지금 복개된 범어천에서 뛰어놀며 살다 서울로 간다. 그의 아버지가 민주당 시설 교원노조(전교조 전신) 결성 때 간부로 참여했다가 해직을 당했다. 대구사범학교를 나와 공부밖에 모르던 아버지는 금은방에서 일하다가 대봉동에서 '번개전업사'라는 가게를 했다. 벌이가 신통치 않아 가족들을 데리고 서울로 간다. 1972년 김광석은 아버지, 누나와 함께 대구로 다시 내려와 동도국민학교 4학년에 편입한다. 말로는 할머니가 아파서 세 식구가 내려왔다고 하는데 아마도 아버지 사업이 잘 되지 않아서 다시 온 것으로 짐작이 된다. 동도국민학교에 1년을 다니다가 다시 서울로 간다. 김광석의 어린 시절 아버지가 학교에서 쫓겨나고 사업도 잘 되지 않아 서울 갔다 대구 왔다 또 서울 가고, 청소년 시절은 암울함 속에서 보낸다. 그의 슬픔의 씨앗은 그렇게 잉태되었던 모양이다.

다행히 그의 음악적 천재성은 대중에게 인정을 받게 되고 당시 대한민국 공연 사상 처음으로 1천 회 소극장 전국 투어라는 신기록을 수립했다. 인기 절정의 김광석은 1996년 12월 24일에서 25일까지 그의 생애 마지막 공연을 경북대 강당에서 열었다. 공연이 끝난 뒤 경북대 북문 앞 식당에서 식사를 하고 염매시장 내 포장마차에서 술을 마셨다. 보통 때는 공연 뒤 깡통

차기에서 1차, 봉산동 학사주점에서 2차를 하고, 염매시장 포장마차나 효목동 동구시장으로 가서 입가심하는 것이 정해진 코스였다. 그러나 죽음을 10일 앞둔 그날은 단출하게 1차로 쫑파티를 끝낸다.

김광석은 갔어도 노래는 남아 날이 갈수록 인기가 높아간다. 나이 든 사람들에게는 '어느 60대 노부부의 이야기', 군입대하는 젊은이들에게는 '이등병의 편지', 젊은 직장인들에게는 '서른 즈음에', 절망에 빠져 넘어진 사람들에게는 '일어나'가 정석처럼 불린다. 대구와 서울을 오가며 그의 노래가 익어갔다. 그는 고향 음악 선배와 팬들에게 고마움을 되갚아 주고 갔다. 방천시장 '김광석 골목'을 남겨 나라 안은 물론 외국인들에게까지 소문난 음악거리를 만들어 주고 소천했다.

19

인생은 낙화유수(落花流水)

1960년대 나훈아와 남진이 서로 '나 잘났소' 하고 라이벌 대결을 보여 가요 팬들에게 재미를 주었다. 몇 년 뒤 그것을 흉내 내어 송대관과 태진아가 무대에서 맞대결하는 모습을 연출하여 관심을 모았다. 가요계 양자대결의 원조는 남인수와 현인이다. 이들은 59년 봄 부산에서 세기의 대결을 선보였지만 사실 둘의 대결은 그 몇 년 전 대구에서 처음 시작하였다. 남인수의 대구 인연은 만경관에서 시작이 된다. 1945년 8월 15일 만경관에서 악극단 공연 중 해방이 되었다는 소리를 듣고 노래고 뭐고 다 때려 치고 가수나 배우나 시민들 모두가 만세를 부르며 눈물을 흘렸다. 53년에는 대구에 살며 오리엔트레코드사에서 '향수' '청춘 무정'을 녹음한다. 현인은 대구에 살던 중 51년 여름 양키시장의 강산면옥서 냉면을 먹다가 갑자기 악상이 떠오른 작곡가 박시춘이 강사랑에게 즉석 작사를 부탁하고 현인을 오리엔트

다방으로 데리고 올라가 녹음실에서 부르게 한 노래가 '굳세어라 금순아'이다.

남인수는 1918년 진주에서 출생했는데 가난해서 소학교(제2공립 심상소학교, 진주봉래초등)밖에 다니지 못했다. 어릴 적 이름이 최창수였고 나중에는 강문수가 된다. 일찍 남편을 여읜 어머니가 가난을 이기지 못해 재취댁으로 개가한 탓에 이름이 둘이 된 것이다. 현인은 남인수보다 한 살 아래였는데 부산 영도구 영선동 부잣집 아들이었다. 서울 가서 경성 제2고등보통학교(경복고등)를 다녔고 졸업 후 일본 우에노음악학원(도쿄예술대학)에서 성악을 전공한다. 남인수는 일제의 강요로 살아남기 위해 친일적 노래 두 곡을 불렀다고 두고두고 친일파라는 욕을 얻어먹는 불운아였지만, 현인은 만주나 홍콩을 돌며 해외 공연만 하고 산 덕에 잘 먹고 살았고 매국노 소리도 듣지 않는 행운아였다.

남인수와 현인은 전국적인 스타였지만 한국전쟁이 터지자 대구로 피난을 와서 살게 된다. 둘은 같은 경남 사람인데다 나이도 한 살밖에 차이가 나지 않아 친하게 지냈다. 두 사람 다 당구에 취미가 있어 향촌동 '초원의 집' 자리에 있던 당구장에서 자주 대결을 하였다. 남인수는 나중에 고향에서 당구장을 할 정도로 당구광이어서 잘 칠 때 천점 정도까지 쳤다. 그러나 현인은 당구를 200정도 밖에 못쳐 항상 남인수의 호구 노릇을 하였다. 당구 대결에는 항상 남인수가 승리자였다. 둘의 노래 진검 승부는 전쟁 후 부산에서 벌어진다. 이미자가 데뷔하던 59년 부산극장에서 서바이벌 공연이 벌어진다. 남인수 측은 구봉서가, 현인 측은 곽규석이 응원단장이었다. '가거라 삼팔선'에 '신라의 달밤' '청춘고백'에 '비내리는 고모령' 등으로 둘은 한참 치고받는다. 결국 관중들은 남인수를 가요 황제로 등극시키며 대결은 끝난다.

남인수는 1962년 6월 26일 폐결핵으로 젊은 나이에 세상을 떴으나 현인은 2002년까지 천수를 누렸다. 생명 대결에는 현인이 승리했다. 남인수의 장례식장에는 대중가수들이 총집합했다. 소복한 여가수들과 기생들이 상여 뒤를 따르며 부른 노래는 '낙화유수' '애수의 소야곡' '가거라 삼팔선' '무너진 사랑탑'이었고 그의 부인 이난영이 '황성옛터'로 조객들에 화답을 하면서 장례식이 끝났다. 50년대 후반부터 가요계의 영원한 라이벌이었던 현인도 이 모습을 지켜보며 "형님 잘 가시오. 인생은 낙화유수요."라고 혼잣말을 중얼거리고 있었다.

20

마지막 잎새

경주 현곡 하구리에 '정귀문'이 살았다. 속세를 떠나 낮에는 나물 먹고 물마시고 밤에는 팔을 베고 자는 시인이었다. 배호가 생전 마지막으로 부른 노래 '마지막 잎새'의 가사는 그가 쓴 시다. 조미미의 '바다가 육지라면'도 그의 시이다. 경주 현곡 남사저수지 둑에는 '마지막 잎새'의 노래비가 있다. 정 시인은 현곡초등학교 교장 딸을 짝사랑했는데 교장선생님이 전근을 가는 바람에 정귀문은 사랑을 시작도 옳게 해보지 못하고 시들어 버린다. 1970년 늦가을 멍든 가슴을 쓰다듬으며 저수지 둑에 앉아 떨어지는 낙엽을 보며 보던 중 시상이 떠올라 쓴 시가 '마지막 잎새'다. 배호는 이 시가 노래가 되어 그 음반이 나오기 7일 전에 세상을 떠버린다.

출세한 모든 이들의 뒤에는 그를 도운 그림자 인간이 있다. 배호를 유명 가수로 만든 이는 배상태다. 그는 성주 사람으로 일찍 대구로 나와 성광중학교를 졸업하고 대구 KBS방송국에서 가수 활동을 하며 남산파출소 옆 이병주, 추월성 작곡사무실에서 작곡을 배우고 훈련을 쌓은 후 서울로 간다. 그는 배호와 삼종숙이 되는데 당시 야간 주점 밴드에서 북이나 치던 배호에게 '돌아가는 삼각지' '안개 낀 장춘단 공원' '능금빛 사랑' 등의 노래를 주어 가수로 만든다. 그 노력이 결실을 맺어 1968~69년 서라벌가요대상에서 2년 연속 배호가 최우수 남자 가수 상을 수상하게 된다. 이를 계기로 배호는 가수로 이름을 알리기 시작하고 점차 대한민국 유명가수 반열에 오르게 된다. 배호는 노보텔 뒷길에 있던 청수장 여관에 숙소를 정해두고 대구와 서울을 오가며 가수 생활을 한다.

1970년에 문을 연 동촌카바레에서 오후 8시 반, 10시 반 2회 상설 공연을 히고 대구 방송국들을 통해서 '돌아가는 삼각지'를 대대적으로 홍보한다. 출연료는 이미자보다 더 많이 받았다. 2001년 11월에는 '배호를 기념하는 전국 모임 팬클럽'이 결성된다. 사람의 인생행로에서 남녀의 사랑은 빠질 수가 없는 종목이다. 방송과 행사를 뛰는 와중에도 배호는 시내 한 교장선생님 딸과 열렬한 사랑에 빠진다. 그러나 둘의 로맨스는 배호가 일찍 세상을 뜨는 바람에 결실 없는 사랑이 되고 만다. 호사다마(好事多魔), 학교 공부도 별로 하지 못했고 악보도 읽지 못하던 가수 배호가 대구를 기반으로 전국적 가수로 비약은 하지만 그는 신장염에 걸린다. 삼각지로타리를 부를 때는 '삼각지'하고 좀 쉬었다 '로타리로' 라고 부른다. 마치 현인 선생의 창법을 흉내 내는 것 같다. 사람들은 이 창법이 배호가 멋 내느라 일부러 그렇게 부른 것으로 안다. 하지만 사실은 폐에 물이 찬 배호가 숨이 차서 '삼각지 로타리'라고 한꺼번에 부를 수가 없어서 그랬던 것이다.

그의 마지막 방송은 1971년 10월 20일 MBC방송의 심야 음악 프로그램인 '별이 빛나는 밤'이다. 방송 후 잠깐 가을비를 맞았는데 감기몸살에 걸리게 되고 면역성이 극히 약했던 그에게 신장염은 급속히 악화된다. 치료받던 신촌 세브란스병원에 응급입원을 했으나 의사들은 가망이 없다고 한다. 기이하게도 그가 죽어가던 그 병실은 차중락도 마지막을 맞이했던 방이다. 집에서 임종을 맞이하기 위해 미아리로 가던 승용차 속에서 배호는 그의 친척이자 선생인 배상태의 품에 안겨 "아저씨! 가슴이 답답해요."라는 말을 남기며 29세의 나이로 숨을 거둔다.

21

광인일기(狂人日記)

전생에 무슨 악업이 그리 많이 지어 나의 하루는 광인(狂人)들과 함께 시작한다. 이립(而立)에 시작한 직업이 고희(古稀)넘어 까지 해먹고 있으니 이 짓도 이제 어언 반세기가 되어가고 있다. 혹자(或者)들은 나보고 정신과 의사니까 미쳤을 거라고 한다. 의사도 아닌 이들이 의사를 보고 진단을 하고 있으니 미친 소리다. 그러나 내가 봐도 우리 동업자 중에 정신병 환자들이 간혹 눈에 들어오니 전혀 근거 없는 소리는 아닐 수도 있겠다. 동진출가(童眞出家)해서 일평생 이슬만 먹고 '마하반야바라밀'만 외우고 살아도 부처된 중 없는 판에 종일토록 광인들과 지껄이고 부비대고 살고 있으니 내 정신인들 온전할 리야 있겠는가? 그리하여 이 문장의 제목도 광인의 일기가 된 것이다.

대학에 근무할 때 의과대학생들과 회진을 돌다보면 쌍소리하고 기물을 부수는 환자를 가끔 보게 된다. 어리석은 학생들은 미치면 다 저렇게 되는가보다 생각한다. 나는 말해준다. "저건 더럽게 미쳐서 그렇다."고. 젊잖은 사람들은 광기가 있어 입원을 해도 "내가 왜 환자예요? 집에 보내주세요." 라고 큰소리를 질러대어도 욕은 하지 않는다. 고향에 와서 정신병원을 만들어 진료를 하게 되었는데 "야, 이 씹할 놈아. 내 병명이 무엇이고?"한다. 차마 "넌 미친놈이야."라는 말을 못하고 우물우물하다보니 "돌팔이. 병명도 모르면서 날 치료해."라고 삿대질을 한다.

전에는 환자들이 정신병원에만 모여 있었는데 요즘은 환자들이 병원 밖에 주로 있다. 행정부, 입법부, 사법부 그리고 언론과 사업체에 환자들이 수두룩하게 모여 있다. 완전히 맛이 가지 않으면 대개 하는 일은 그런대로 할 수가 있다. 특히 학교 선생이나 예술인같이 혼자서 하는 일은 맛이 확 가도 일을 하는 경우가 많다. 사람들은 이 광인들을 보고 '내성적 사람'이라거나 혹은 '고독한 천재' 혹은 '특이한 사람'이나 '앞서 가는 사람'이라고 부른다. 미쳤다고 다 파괴적이거나 기이한 행동을 하는 것만은 아니다. 안중근, 천상병, 이중섭, 잔다르크 등 이 사람들 다 미친 사람들이다. 하지만 사람들에게 존경받는다. 조국을 미친 듯이 사랑하고 예술을 광적으로 사랑한 인간들. 미쳐도 이렇게 이타적으로 미친 사람들의 정신병은 '창조적 정신병'이라고 부른다.

내 고객들의 병 종류는 다양하다. 제 마음대로 나다닐 수 있는 자유병동에는 불면증, 공황장애, 우울증, 불안증, 강박증, 공포증 등의 노이로제환자들이 대부분들이다. 출입구가 잠겨진 보호병동에는 정신분열증, 조증장애, 망상증, 인격장애, 알코올 중독, 마약 중독, 정신병적 우울증, 치매 등이 주로 입원해 있다. 정신분열증이야 말을 횡설수설하고 말도 안 되는 소리를 하는 통에 굳이 의사가 아니라도 진단이 가능하다. 그러나 조증환자들은 언변도 좋고 아는 것도 많아 자칫 잘못하면 속기 쉽다. 입을 열었다하면 '청구동' 누구처럼 온갖 현학적 문장과 교언영색적 문구를 인용하고 외워대고 기발한 아이디어를 피력하여 남들의 존경을 받기도 한다. 의처증은 망상장애에 속하는데 이 질환은 일정 부분만 광적이고 나머지 사고와 행동은 멀쩡해 입원하지 않고 지내는 경우가 많다. 말도 조리 있게 잘하고 논리도 정연하여 의처증이나 일부 병적 망상 외는 아무 장애가 없다. 문외한들은 안 미쳤다고 생각한다. 남쪽에 살면서 적화통일을 갈망하고 어버이수령의 품에 안겨보지 못해 애타는 분들을 망상증이나 조증 환자라고 보면 이해가 쉽겠다.

어제의 꼴찌가 자고나니 선두가 되고 어제의 정의가 오늘은 불의가 된 세상. 오랫동안 기획된 세력에 의해 타오른 촛불을 민중의 뜻으로 색칠하여 숫자가 많으면 진리가 되는 세상. 따뜻하게 덥혀지고 있는 지금의 목욕물이 바로 개구리 탕을 끓이고 있다는 사실을 개구리는 모른다. 인권이란 이름으로 정신병 환자들을 거리에 내보내야 되는 정신병원. 앞으로 정신과 의사들은 입원하고 광인들이 의사를 치료할 날이 올 것이다. 이 거대한 쓰나미의 물결은 계속될 것인지 이러다 말 것인지 정말 흥미롭다.

연속 3주 나의 매일신문 연재물이 실리지 못하고 있다. 첫 주는 선거특집으로, 두 째주는 축제특집으로, 이번 주는 월드컵 축구특집으로 신문의 문화면이 공간을 빼앗겼기 때문이다. 구국본은 내가 글을 못 써 잘린 줄 알고 안타까워하고, 부산의 오공(五空)은 사필귀정(事必歸正)이라며 환호작약(歡呼雀躍)한다. 일 년치 신문연재물을 네 번 써보아도 중간에 잘린 적은 없다. 이번 주도 빵구가 나서 혹시 실망하는 친구가 있을까 싶어 시답잖은 글로 공간을 메워본다.

22

심야(深夜)의 결투(決鬪)

축음기는 여러 나라에서 우리가 먼저 발명했다고 입에 거품을 품는다. 영국에서는 1857년 '리온 스코트'가 축음기를 발명했다고 하고 프랑스에서는 '샤를 크로스'와 '에두 아르 레옹 스콧'이 발명했다고 한다. 그러나 그때 만들어진 것들은 지극히 원시적인 것들이어서 축음기라 말할 수가 없다. 진정한 축음기는 미국인 에디슨에 의해 만들어진 것이다. 1877년 7월 31일 완성이 되고 11월에 발명특허를 받게 된다. 발명 당시 축음기의 이름은 '말하는 기계'였다. 소리를 녹음하는 장치는 얇은 주석판을 이용한 원통형의 도구(틴 포일)였다. 에디슨은 이 주석판에 자신이 부른 '메리에게 어린 양 한마리가 있었다'는 노래를 최초로 녹음한다.

우리나라에 축음기가 최초로 선보인 것은 1866년이다. 충청도 해미 앞바다 배 위에서 독일 상인 오페르트가 현감과 관원을 초청하여 축음기 소리를 들려 주었다고 한다. 아마 이때의 것은 축음기라기 보다 단순하고 원시적인 소리재생의 기계였을 것이다. 오늘날과 같이 음성 재생을 하고 녹음을 최초를 선보인 것은 1897년 미국 공사 알런이 고종 앞에서였다는 것이 공식적 기록이다. 이 무렵에는 음성 재생 장치가 틴 포일에서 음반으로 발전해서 SP 음반이 나온다.

축음기는 처음에는 유성기라고 불리우다가 차츰 일본식으로 축음기라고 불렸다. 기계가 일본을 통해 들어 온 탓에 한동안 많은 사람들은 '유손기(유손키)' '지공키(치쿠온키)' 하며 일본말로 불렀다. 축음기가 대구에 들어왔어도 너무 고가여서 한동안은 다방이나 부잣집서나 들을 수 있었다. 동인동에 서로 나 잘났다고 뻐기는 두 부잣집이 있었는데 한 집이 동네서 처음으로 지공키를 사서 밤마다 큰 소리로 틀어대었다. 선수를 빼앗긴 맞은편 집도 며칠 뒤 축음기를 샀다. 이 집에서도 밤마다 틀어대기 시작했다. 처음 한 집이 '울고 넘는 박달재(박재홍)'로 장이야 하고 나오면 상대에서 '나그네 설움(백년설)'으로 멍이야 하고 받아친다. '눈물젖은 두만강(김정구)'과 '찔레꽃(백난아)' '전선야곡(신세영)'과 '신라의 달밤(현인)' '비내리는 고모령(현인)'과 '목포의 눈물(이난영)' '황성옛터(이애리수)'와 '짝사랑(고복수)' 등의 노래 심야대결이 12시 통행금지 사이렌이 울기까지 계속된다. 당시의 SP판은 분당 78회전 하고 한 면이 34분까지만 음악이 나온다. 대결의 중간중간에 휴식이 있는데 이때는 사운드 박스에 새로 바늘을 갈아 끼워야 되고 또 축음기가 돌아갈 수 있도록 젠마이(태엽)를 감아야 되므로 본의 아니게 두 집 모두 중간중간에 휴식 시간을 갖게 되는 것이다.

요즘 이런 소란이 있으면 갑질한다고 난리가 나고 안면방해한다고 경찰관이 들이닥쳤을 것이다. 그러나 당시 동네사람들은 이런 소동도 귀한 음악감상 기회라 생각하고 가요무대인양 즐거운 감상의 시간을 가졌다. SP판은 1948년 첫선을 보인 LP판에게 그 자리를 넘겨 주고 역사의 뒤안길로 사라진다. 연이어 1979년경에는 카세트 테이프로 1980년대는 CD, MP3, USB 메모리로 감상도구가 바뀌었다. SP시절 전국을 호령하던 대구의 위세는 찬물에 불알 줄듯이 쪼그라 들고 말았다. 대구의 출신 삼성 부회장이 감옥에 갔다오더니 이제는 대구경북 출신 대통령도 둘이나 감옥에 들어가 있다. 쿠오바디스 도미네!

23

음악감상실

　명동 성모병원에 근무할 때 점심 먹고 나면 마땅히 갈 때가 없었다. 1960년대 명동에는 내무부, 국립극장, 증권거래소, 중앙극장, YWCA, 백병원, 성모병원, 상업은행, 미도파백화점 등이 있어 전문직에 종사하는 사람들이 많이 모여 있었다. 넥타이 부대 중에서 음악을 좋아하는 축이 점심 시간에 자주 찾아가는 곳은 '청자'나 '본전' 다방이었는데 이곳의 음악은 신나고 역동적이었다. 조용한 음악 감상파 중에 재즈나 팝송 좋아하는 이들은 '타임'다방에 주로 갔었고 클래식 파들은 '아폴로'나 '설파'다방이었다. 설파다방에는 중앙에 칠판이 놓여 있었는데 분필로 노래곡목을 가득 적어 두었다. DJ 없이 연이어 노래가 나오기 때문이다. 자는지 음악을 감상하는지 팔짱을 끼고 심각한 표정을 하고 눈을 감고 앉아 있는 사람도 있고 가끔은 서서 열심히 팔을 휘저으며 교향악을 지휘하는 기인(奇人)도 있었다. 퇴

근길에는 50년대 중반 서울 최초인 전문 음악 감상실 무교동 '세시봉'이나 종로2가 '디쉐네', 미도파 옆의 '라 스카라', 화신 옆의 '메트로' 등을 많이 찾았다. 클래식은 종로의 '르네상스'가 인기 있었다. 음악 애호가 사이에는 세시봉은 양아치들, 르네상스는 신사가 가는 곳이라고 평가했다.

대한민국 최초의 전문 음악 감상실의 탄생지는 대구다. 군위 출신 이창수가 카페 '백조'다방에서 음악공부를 하고 악기점을 하며 음악에 대한 조예를 넓히던 중 1946년 26세에 향촌동 지하실에 SP판 500여 장과 축음기 한대로 '녹향'이라는 음악 감상실의 문을 연 것이다. 외롭고 가난한 예술인들과 삶에 찌든 시민의 애환을 품어주는 둥지 역할이 시작된 것이다.

"어떤 외롭고 가난한 시인이 밤늦게 시를 쓰다가 소주를 마실 때 그의 안주가 되어도 좋고 그의 시가 되어도 좋다."

양명문의 '명태'라는 시도 녹향에서 탄생한다. 이창수는 귀한 판을 만나면 시가보다 몇 십 배나 더 비싸게 주고도 구입하며 감상실을 키운다. 그러나 세월이 흘러 누구나 쉽게 음향기기를 갖게 되고 음악 감상의 형태도 달라지자 녹향은 쇠퇴의 길로 걷는다. 1980년대는 하루에 한 사람도 오지 않는 날도 있었다고 한다. 2011년 이창수는 세상을 떠나고 셋째 아들이 가업을 이어받지만 운영이 불가능해졌다. 70년 동안 10여 차례나 이사 다니던 중 다행히 대구시 중구청에서 향촌문화관에 공간을 마련해주어 역사의 현장은 지워지지 않고 겨우 유지되고 있다.

1957년 5월 김수억이 대구에서 음악 감상실 '하이마트'의 문을 연다. 이북에서 피난 온 김수억이 대구에서 모은 수많은 LP판으로 녹향과 쌍벽을 이루며 한 때 하루 400명이 줄을 서 입장하던 유명 음악 감상실을 만든다. 그가 세상을 떠나며 딸 김순희에게 운영을 계속하라며 유언을 한다. 세상이 변해 음악 감상실을 찾는 사람은 없어져 갔다. 하지만 김순희의 집념은 하이마트를 포기하지 않는다. 1999년 프랑스 리용국립고등음악학원을 최우수 졸업한 오가니스트인 아들 박수원을 귀국하게 하여 감상실을 계속하게 한다. 현재 하이마트는 대구백화점 부근에 있는데, 김수억의 딸 김순희, 외손자 박수원과 피아니스트인 그의 부인 그리고 손자 4대가 그곳에서 음악활동을 한다. 하이마트는 감상만의 장소가 아니고 유명 음악가들을 초청해 강연과 연주와 발표회도 하는 등 폭넓은 음악활동을 하고 있다. 한국에 남아 있는 단 두 개의 전문 음악 감상실이 대구에 이렇게 탄생했고 그 명맥을 이어가고 있다.

24

양재권

대구역 앞에서 남쪽으로 곧게 뻗은 거리. 오른편으로는 화려한 술집과 고급식당들이 즐비한 향촌동, 왼편으로는 외국 상품이 가득한 양키시장과 양장점, 극장과 서점 그리고 금은방들의 가게거리 중앙통이다. 조선시대에는 과거 보러 한양 가던 영남선비들, 삼남(三南)에서 약령시장 찾아오는 상인들, 1945년 9월 29일 귀국열차가 대구역에 들어오다 충돌하여 73명이 죽었을 때 가족들이 오열하던 길, 46년 10.1폭동 때는 공산주의자들이 총칼과 몽둥이를 들고 무고한 시민들을 살육하던 거리, 기미년에는 독립만세를 외치고 태평양전쟁 후에는 해방 만세를 부르던 거리. 중앙통은 사연도 많다. 한국전쟁 때는 출정하는 아들 따라 역으로 오던 모정의 길. 세계기능올림픽에서 우승했다고, 전국대회 운동경기서 우승했다고, 미스코리아 진선미가 되었다고 선수들과 미녀들이 퍼레이드 하던 길이 중앙통이다.

대구시 북구 고성동에 두 개의 큰 운동장이 있다. 현재는 시민운동장이라고 부르지만 전에는 종합운동장이라고 불렀다. 서쪽의 것은 야구장으로 계속 써왔지만 동쪽의 운동장은 일제 때 종합운동장으로 쓰다가 한국전쟁 중에는 UN군 막사로 썼다. 야구시합 전에 애국가 제창이 있으면 야구장 시민들은 돌아다니고 있는데 축구장 서양병사들은 모두 서서 차렷 자세로 우리 태극기를 보고 거수경례하던 모습이 아직도 눈에 선하다. 요즘은 그곳이 육상과 축구 전용 운동장이 되었지만 그 전에는 온갖 행사를 다하던 그야말로 종합운동장이었다. 권투도 하고, 박정희 국가재건최고회의 부의장도 왔었고 미식축구 시범경기도 했다. 범시민적 행사가 자주 있었고 학생들이 자주 동원되었다. 행사가 끝나면 모든 학교들이 가다다 순으로 퇴장을 하면서 대구 시민 축제의 퍼레이드가 시작된다. 학교마다 브라스 밴드가 선두에 선다. 중앙통 길은 퍼레이드 행렬로 꽉 차고 인도와 상가는 인산인해를 이루었다.

행렬이 종합운동장을 출발해 중앙통에 들어서면 미리 온 시민들로 길을 꽉 차있다. 브라스 밴드가 원래 군악대에서 시작한 음악인만큼 이들이 행진 간에 하는 연주는 들어도 일단 신이 나고 봐도 멋있다. 악기 중에도 수자폰은 크고 기이한 느낌을 주어 사람들을 더욱 흥분시킨다. 밴드의 지휘자는 교복에 허리와 가슴에 흰 띠를 매고 어깨에는 금색 수술을 꿰고 있을 뿐인데도 폼이 난다. 호각을 휙휙 불기도 하고 지휘봉을 흔드는 데 가끔은 하늘로 한 번씩 던졌다가 받는다.

이때마다 관중들의 환호성이 터진다. 간혹 이 지휘봉을 떨어뜨리는 악장이 있어 망신을 당한다. 이럴 때는 관중들이 즐거워 박장대소를 한다. 60년대 최고 인기 악장은 경북고등의 양재권이었다. 그의 주특기는 트럼펫인데도 훤칠한 키에 인물도 잘 생긴 덕에 악장이 되었다. 가나다순으로 행진을 하는 탓에 그의 학교가 가장 먼저 나타나므로 인기를 더했는지도 모르겠다. 양재권 일행이 중앙통으로 들어서면 여중고생들이 만세를 부르고 기성을 질러 난리가 난다. 구름처럼 모인 시민들도 이만큼 신명나고 행복을 느끼는 축제는 없었다. 전쟁 중에도 음악회는 열린다. 인간은 슬퍼도 음악, 기뻐도 음악이다. 나라가 삐거덕거리는 요즘 모든 시민들이 모여 함성을 지르고 박수치며 웃게 하던 그 브라스 밴드가 너무 그립다. '보기대령 행진곡' '사관학교 행진곡' '쌍두의 독수리 아래서'가 듣고 싶다.

25

오빠 생각

대구의 음악은 양 날개를 가졌다. 조선시대는 정악과 판소리가 어우러져 조화를 이루었고 근세 서양음악이 들어오면서는 클래식과 가요가 민족의 설움을 달래주고 한국전쟁의 아픔을 어루만져 주었다. 한국 클래식음악의 선구자는 대구사람 박태준과 현제명이다. 박태준은 포목상의 아들로 1900년에 출생하여 계성학교를 졸업하고 평양의 숭실전문학교를 다녔다. 그는 작곡가로 일생을 살았지만 성악에도 일가견을 보여 숭실학교 학생이던 1920년 6월 평양음악회에서 독창을 하여 만장의 갈채를 받았다. 그 해 우리나라 최초의 창작 동요 '가을밤'(이태선 작사) '꽃봉투'(윤석중 작사) '가을'(박목월 작사) 등 13곡을 작곡하였다. 졸업 후에는 마산 창신학교에서 교사 생활을 하며 이은상의 시 '미풍' '동무생각(사우)' '님과 함께' '소낙비' 4편을 작곡하였다. 마산서 대구 계성학교로 옮겨 근무할 때 그의 대표작으로 불리는 '옵바 생각(오빠 생각)'을 작곡 발표한 뒤 미국으로 유학을 떠난다.

1932년 미국 웨스트민스트 음대에서 음악학사와 석사학위를 취득한 뒤 돌아와 잠시 서울에 있다가 1938년 고향으로 온다. 그해에 대구성가협회라는 대구 최초의 일반합창단을 조직한다. 1946년 상경하여 경성여의전에서 시작하여 연세대학 음악대학에 재직(26년간)하면서 인생 전성기와 후반은 서울에서 교수생활 각종 기관의 요직을 거치며 순탄한 음악인 인생을 살았다.

'을사오적'이라는 말이 있듯이 음악계에도 소위 '친일오적'이라고 치부된 사람들이 있다. 안익태, 홍난파, 현제명, 박시춘, 남인수 등이 그들이다. "해는 져서 어두운데 찾아오는 사람없어 밝은 달만 쳐다보니 외롭기 한이 없다."로 시작하는 '고향생각'(1931년 작)을 작곡한 현제명은 박태준의 계성학교와 숭실학교의 2년 후배다. 그는 숭실학교를 졸업한 뒤 음악대를 조직하여 전국을 돌면 나라 잃은 국민들을 위로하였다. 1925년 미국서 일 년간 음악을 연수한 뒤 돌아와 서울에서 활약했는데 작곡 외에 성악, 피아노, 바이올린, 합창에서 뛰어난 기량을 발휘하였다. 1931년에는 현제명 가곡집 1집을 출간하고 홍난파와 함께 작곡발표회도 하였다. 1932년에는 우리나라 최초의 음악콩쿠르 대회도 시작하였다. 해방 후에는 고려교향악단 이사장, 경성전문학교 설립자, 서울교향악협회, 대한음악가협회, 대한음악협회 회장 등도 역임하였다. 그의 대표적 작품은 '가고파'와 '희망의 나라'와 '그집 앞'이다.

근대 한국 최고의 음악인 현제명. 그는 일제시대 조선총독부 산하 문화단체에 가입해 대동아제국 건설 지지 성명에 참여를 했다. 관변단체인 '조선음악회' 이사를 역임하였고 일제를 찬양하는 '후지산을 바라보며'를 작곡했다. 그리고 친일단체가 만든 '가창지대'의 대표 노릇을 하며 일제에 부역하였다고 한다. 이 '주홍 글씨' 탓에 그가 민족을 위해 뛰고 노력한 고생과 뛰어난 예술적 업적이 지워졌다. 지금도 그의 노래는 많이 연주되고 불러지고 있는데 막상 작곡자의 신상은 모른다. 일제시대에 만주서 개장사를 하거나 하와이서 사탕수수밭에서 수수를 꺾거나 멕시코 농장에서 용설란 실을 뽑으러 가지 않는 한반도 조선사람 중에 친일하지 않는 사람이 어디 있나?

100년 가까운 세월 전에 죽지 못해 일제에 부역한 힘없는 소시민과 연예인 그리고 불쌍한 예술인들을 아직도 매국노로 모는 야비한 인간들. 중국이나 소련에게 빌붙어 조국을 욕되게 한 '똘만이'들은 정의로운 사람들인가?

26

콩쿠르 대회

1954년 남산동 대도극장 무대에서 까까머리 고등학생 한 사람이 좋아서 길길이 날뛰고 있었다. 대건고등학교 3학년 정태호였다. 그는 대구의 레코드사인 오리엔트가 주최한 신인가수 콩쿠르 대회에 나가 '로맨스 항구'라는 노래를 불렀는데, 특등(대상)이라는 발표가 났기 때문이다. 그 후 서울로 올라가 작곡가 이병주의 문하생이 되어 본격적인 노래 지도를 받는다. 59년 남일해라는 예명으로 '비 내리는 부두'로 정식 가수 데뷔를 하게 된다. 그는 중앙국민학교를 나와 손시향의 선배가 되며 대건중고등을 졸업한 가요계의 영재였다. 당시 레코드 회사들은 신인가수를 발굴하는 방법으로 콩쿠르 대회를 많이 이용했다. 오리엔트레코드사는 51년에는 대구극장 콩쿠르 대회에서 계성고등 3학년이었던 도미와 방운아를 발굴하여 중견가수로 성장시킨 가요계의 주요 사업체였다.

가요라는 새로운 장르의 음악이 우리 땅에 들어 온 후 대구경북은 많은 가수들을 배출했다. 대봉동 태생으로 35년에 등장한 장옥조가 최초의 대구경북 출신 가요가수이다. 그녀의 대표적 노래는 38년에 녹음된 '신접살이 풍경'이다. 이어 등장하는 초창기 가수로는 39년 남인수, 현인과 함께 한국가요의 3대 거성으로 추앙 받는 성주 출신 백년설, 42년 김천 출신 나화랑, 46년 강남달, 47년 고화성과 '전선야곡'으로 유명한 영남고등 출신 신세영이 있었다. 53년에는 '마음은 자유천지' '경상도 사나이' '인생은 나그네'를 부른 경산 출신 방운아, 56년에는 도미가 등장하여 경쾌하고 감미로운 목소리로 '청포도 사랑'과 '하이킹의 노래'로 전국을 떠들썩하게 했다. 경북고등과 서울대학을 졸업한 손시향은 1958년 서양식 발라드풍인 '이별의 종착역'과 '검은 장갑'을 불러 가요 팬들에게 한국의 팻분이라는 칭찬과 사랑을 한 몸에 받았다.

60년대로 들어서며 샹송가수인 곽순옥이 '누가 이 사람을 모르시나요?'를 불러 동명의 영화까지 나오게 하며 민족의 비극을 애절하게 표현하였다. 이 무렵 대한민국 최고의 가수는 한국의 '후랑크 나가이'라고 불리던 매력의 저음 천재 남일해이다. 61년 '이정표'를 불러 7만여 장의 음반판매의 기록을 세운다. 잇달아 대박을 기록한 노래는 '빨간 구두 아가씨'이다. 70년대에는 대륜고등 출신 여운이 '과거는 흘러갔다'로 유명세를 얻는다. 같은 무렵 시각장애인이면서도 항상 유머러스라고 명랑한 이용복이 한국의 레이찰스라는 칭찬을 들으며 '그 얼굴에 햇살' '줄리아' '어린 시절'을 불러 대구 출신들을 또 한 번 유명하게 만든다.

작곡가로는 대성고등학교를 나온 김희갑이 '향수' '킬리만자로의 표범' '꽃순이를 아시나요?' '진정 난 몰랐네'를 작곡하여 많은 가수들을 출세시켰다. 그리고 '울려고 내가 왔나?' '여고시절' '내 곁에 있어주' '그대 변치 않는다면' '마음 약해서' '잊게 해주오' '정든 배' 등의 주옥 같은 노래를 만든

김영광도 대구 출신 작곡가이다. 배호의 삼종숙으로 성광중을 나와 가수로 활약하다가 작곡가 된 배상태는 성주 출생으로 대구서 활약하다 서울로 가서 크게 빛을 보게 된다. '돌아가는 삼각지' '안개 낀 장춘단 공원' '능금빛 사랑' 등을 작곡하여 배호를 큰 가수로 만든다. 배호 노래의 절반 이상이 배상태의 곡이다. 배호는 신촌 세브란스병원서 회복 불가능의 말기 신장염 판정을 받고 집으로 가던 차 속에서 배상태의 품속에서 눈을 감는다.

27

굳세어라 금순아

1951년 여름. 당시 한국 최고의 작곡가 박시춘, 작사가 강사랑 그리고 가수 현인 셋이 양키시장 강산면옥에서 점심을 먹고 나오다 박시춘이 갑자기 좋은 악상이 떠올랐다며 오리엔트다방(자유극장 옆 남성악기 2층)으로 강사랑과 현인을 끌고 올라간다. 다방 한 구석에 군용 담요를 두 세 겹으로 얼기설기 엮어 방음장치를 해둔 곳이 '오리엔트레코드사'였다. 이날 이렇게 탄생한 노래가 '굳세어라 금순아'이다.

1950년대는 한국전쟁으로 음반시장은 최악의 침체기였다. 그러나 1947년 이병주 선생이 대구에 설립한 오리엔트레코드사는 서울서 피난 온 작곡가, 작사가, 가수들과 스스로 발굴한 가수들로 주옥 같은 곡들을 만들어 내고 있었다. 신세영, 남성봉, 강남달, 고화성, 방초향을 배출한 오리엔트는 주기적으로 신인 콩쿠르를 개최하여 도미, 방운아, 남일해 등을 발굴해 내었다. 오리엔트사에 속한 작곡가들은 박시춘, 이재호, 손목인, 이병주, 이인권, 엄토미 등이 있었고 작사가들은 강사랑, 손로원, 김다인, 나경숙(이서구), 임영일(이인권), 유호, 손석우 등이 있었다. 전속가수로는 남인수, 백년설, 진방남, 이인권, 장세정, 심연옥, 현인, 백설희, 나애심, 신세영, 금사향, 이남순, 방초향 등이 있었다.

이 회사에서 발표한 노래들 중 '비내리는 고모령' '신라의 달밤' '귀국선' '전우야 잘 자라' '태극기' '전선야곡' '아내의 노래' '굳세어라 금순아' '미사의 노래' '아메리카 차이나타운' '럭키 서울' '님 계신 전선' '이별의 탱고' '촉석루의 밤' '쌍가락지 논개' 등은 가요의 전설이 되었다. 총 80~90매의 음반으로 160~170여 곡을 발표하였다. 고화성이 '38선 야화' '꽃 피는 진주 땅'을 취입하여 한창 인기몰이를 하던 중 한국전쟁이 발발한다. 전쟁 중에는 내구의 오리엔트와 부산의 코로나가 우리나라 50년 가요의 맥을 잇는 주요한 역할을 하게 된다.

오리엔트가 승승장구할 무렵 평양에서 대구로 와 상신악기점을 하던 김철준, 영준 형제가 '유니온레코드'사를 설립하여 송민도의 '애수' 등의 음반을 출시한다. 1953년 유니온레코드의 공동운영자였던 김영준씨가 백년설, 진방남, 이재호 등을 영입하여 '서라벌레코드'사를 설립하고 '방랑의 처녀(진방남)' '다방아가씨(허민)' '해인사 나그네(백년설)' 등을 발표하지만 1년여 만에 문을 닫는다.

한때 대구에는 오리엔트, 유니온, 서라벌, 아카데미 등의 레코드사가 번창한 적도 있었다. 46년 한국 최초로 서울에 '고려레코드'가 설립되었고 이어 '조선' '아세아'가 태어난다. 이어서 대구의 '오리엔트' 다음에 부산의 '코로나레코드'사가 탄생한다. '고려레코드'에서 남인수의 '가거라 삼팔선'과 김천애의 '애국가'가 나온다. '아세아'에서는 이봉룡 작곡의 '우러라(울어라) 은방울' '달도 하나 해도 하나'가 발표되고 럭키레코드에서 '신라의 달밤'이 나왔다.

　화무십일홍(花無十日紅)으로 한때 대한민국 유일의 레코드사로 이름을 떨치기도 했던 오리엔트레코드사의 사세도 점점 시들어진다. 레코드가 SP에서 LP로 전환되며 오리엔트도 1956년 '비 내리는 호남선'으로 LP판을 내기도 하였지만 서울이라는 거대한 골리앗을 이기지 못해 1958년 문을 닫는다. 60년대 들어서며 아카데미레코드사에 의해 한국의 본격적인 LP시대가 열리게 된다. 이병주 선생은 서울로 올라가 '대한레코드'사를 1년 남짓 운영하다가 재기하지 못하고 귀향을 하고 2013년 귀천한다. 대구는 선구자 이병주를 오래 기억할 것이다.

28

떠돌이 악사

둘만 모여도 노래방에 간다. 이 덕에 전국노래자랑 출연자들은 애고 어른이고 멜로디 좋고 리듬 좋다. 담임선생이 점심 도시락을 검사하던 무렵 우리나라 술집은 막걸리가 주된 종목이었다. 우리말에 '기왕이면 다홍치마'라는 말이 있다. 말 타면 마부 잡히고 싶고, 한 잔 술이라도 여자가 따르는 술을 마시고 싶고, 취하면 노래 부르고 싶고, 반주가 있으면 더욱 좋은 게 인지상정이다. 옛 서민들의 술좌석 노래는 유행가였다. 노래도 생물이라 시기에 따라 형식이나 가사도 달라진다.

일제 강점기 유행가는 '눈물 젖은 두만강' '울며 헤진 부산항' '북극은 오천키로' '나그네 설움' '애수의 소야곡' '추억의 백마강' 그리고 '감격시대'가 인기 곡목이었다. 해방이 되면서는 '가거라! 삼팔선' '귀국선' '신라의 달밤' '꿈에 본 내 고향'이 유행하다 한국전쟁이 터지자 '단장의 미아리 고개' '전선야곡' '굳세어라 금순아' '이별의 부산정거장' 등이 주당들의 인기곡이 된다. 서양군인들이 들어오면서 우리 유행가에 버터 냄새가 섞인다. '샌프란시스코' '홍콩아가씨' '아메리카 차이나타운' '아리조나 카우보이'가 나오고 댄스곡으로 '댄서의 순정' '비의 탱고' '도라지 맘보'가 등장한다. 이때까지 성인들은 같은 취향의 노래를 부르다가 60년대 부터는 '노론소론'으로 갈린다. 나이든 축은 여전히 트로트로 '동백 아가씨' '섬마을 선생님'과 '돌아와요 부산항'을 부르는데 젊은이들은 '세노야' '친구' '아침 이슬' 등의 새로운 감각의 노래를 부른다. 70년대 이후 술집 노래는 백가쟁명(百家爭鳴)으로 고유의 유행가에다 샹송, 칸초네, 팝송 등이 다채롭게 등장한다.

초창기 가요의 악기는 젓가락이었다. 주점의 작부와 수작(酬酌)을 할 때도, 친구들끼리 노래 부를 때도 장단은 젓가락이다. 60년대 막걸리에서 맥주로 주종이 변할 때 악기가 등장한다. 아코디언이 나왔다. 대구 최고의 아코디언 주자 조경제가 60년 초 만경관에서 최무룡의 '외나무다리'를 반주한 뒤 서민들의 주점에도 서서히 젓가락이 사라지고 악기가 등장한다. 오입쟁이 한량들은 오비카바레, 대화카바레, 대안카바레, 남남카바레를 누비며 주색잡기, 가무음주를 즐겼다. 70년대까지 향촌동 술집에는 떠돌이 아코디언 악사들이 많이 다녔다. 이들이 이 집 저 집 기웃거리며 호객하는 모습을 보면 마음이 안쓰러웠으나 능력 있는 악사들은 요정을 다니며 전두환, 노태우 대통령 술자리에도 불려가고 봉급쟁이의 10배 넘는 돈을 벌었다고 한다.

박 대통령이 서거하는 무렵 떠돌이 악사들도 뜸해진다. 대신에 방석집이나 룸살롱에 기타 치는 전속 악사와 양주가 등장한다. 일본에서 가라오케가 들어왔다. 나중에 노래방이란 이름으로 명칭을 바꾸고 술 마시거나 안마시거나 전 국민 애용 악사 노릇을 하게 되었다. 떠돌이 악사들은 없어졌다. 그러나 그들이 연주하던 가요는 여전히 살아 남아있다. KBS 전국노래자랑, 가요무대에 온 국민이 열광하고 지방의 소규모 축제에도 가요는 기세등등하다. 일본의 NHK에서도 일요일 전국노래자랑을 하며 가요무대도 있다.

가요는 한국과 일본이 서로 원조타령을 한다. 자동차는 미국에서는 다임러, 독일에서는 벤츠가 거의 동시에 발명했다. 가요도 같은 시대 같이 탄생한 것으로 생각이 된다. 떠돌이 악사가 아코디언을 메고 술집을 기웃거리거나 혹은 기타와 반주기를 끌고 술좌석에 오던 가슴 짠한 풍경이 사라져 한편으로는 잘 되었다 싶지만 다른 한편으로는 가객이 사라진 향촌동이 삭막하게만 느껴진다.

29

빨간 마후라

요새 대구 출신 대학생들은 서울 가서 옳게 하숙방이나 구하고 있는지 모르겠다. 박정희 대통령 시절에는 대학시험장에 와서 아직 시험도 치지 않는 경상도 학생들에게 합격되면 자기 집에 가정교사로 들어와 달라고 전화번호를 주고 간 서울 마나님들도 있었다. 유신시절에는 중앙청 앞에 경상도말 학원이 있다고 했다. 부산말보다 대구말 강의료가 더 비싸다는 소문도 있었다. 한국전쟁 당시 북한에게 모든 땅을 다 뺏기고 경상도만 남았다. 앞에는 대구가 싸우고 뒤에는 부산이 물자를 대고 있었다. 정부가 일본으로 도망간다는 말도 나돌았다. 민족 최악의 비극적인 상황에서도 경상도 사람 욕하는 사람 하나 없었다. 피난민들에게 저도 못 살면서 그래도 현지주민이랍시고 된장도 퍼주고 보리쌀도 나눠주는 우직한 경상도 인간들이 좋았던 모양이다. 1960년 2월 11일 '경상도 사나이'라는 영화가 개봉이 되었다.(민경식 감독, 조미령 · 방수일 · 이대엽 주연). 같은 무렵 '경상도 사나이'(김성근 작곡, 최시주 작사, 남백송 노래)와 '경상도 아가씨'(이재호 작곡, 손로원 작사, 박재홍 노래)라는 노래도 나온다.

1952년 1월 15일 UN 공군들이 36차례나 출격하였으나 실패를 거듭하던 평양외곽에 있는 승호리 철교를 대한민국 공군들이 통쾌하게 폭파한다. 중국에서 북한으로 오는 온갖 군수물자와 생필품을 운반하는 생명줄 역할을 하는 곳이 승호리 철교였다. 공군은 4천피트 고도에서 급강하여 적의 대공포화를 피하며 1천500피트 초 저공에서 폭탄을 투하하였다. 작전을 위해 F-51전폭기 2개의 편대가 출격했다. 제1편대에는 윤응렬 대위, 정주량 대위, 장성태 대위가 타고 있었고 제2편대에는 옥만호 대위, 유치곤 대위, 박재호 대위가 타고 있었다. 제1편대가 적의 극렬한 대공포화로 실패를 하고 제2편대가 급강하며 집중 공격한 로켓탄에 승호리 철교는 맥없이 무너져 버렸다. 제2편대 유치곤이 대구 사람이다.

지금까지 대구 사람이 영화 내용의 주인공이고, 노래의 주인공이 된 사람은 유치곤 밖에 없다. 1964년 신상옥 감독이 유치곤을 주인공으로 한 영화 '빨간 마후라'를 제작한다. 주제가 '빨간 마후라'는 황문평이 작곡하고 한운사가 작사하고 봉봉사중창단이 노래를 불렀다. 유치곤은 당시 출격 100회를 달성한 39명의 조종사가 되고 1953년 5월 30일에는 한국 공군 역사상 유일한 200회 출격의 기록을 세우고 전쟁 중에는 203회의 최대 출격 기록을 세운다. 1927년 대구 달성군 유가면 쌍계리에서 출생한 유 장군은 1951년에 공군소위가 되어 한국전쟁 중 승호리 철교 외에도 평양대공습, 351고지 탈환, 송림 제철소 폭파 등의 영웅으로 활약을 하며 전쟁을 치른다. 65년 1월 1일 공군 제107기지 단장으로 재직 중 과로로 순직하며 준장에 추서되었다. 그는 조국을 위해 산화하였지만 그는 고향땅 비슬산 휴양림인 유가면 양리에서 조국을 지키고 있다. 유치곤 장군 호국기념관에 그의 모든 것이 소장되어 있다.

피난 왔던 사람에게도 인심을 잃지 않았던 경상도 사람들, 영화의 영웅이 되고 노래의 주인공이 되던 대구 사나이. 온 국민들이 좋아했던 사람들이 어느 때부터인가 싫어한다는 사람들이 늘어나기 시작했다. 최근에는 서울 가면 친한 나의 선후배들이 면전에서 노골적으로 '대구 사람 싫다'고 한다. 대구 학생들 하숙집 제대로 구하고 있는지 매우 걱정된다.

30

달도 하나 해도 하나

한때 '골로 간다'는 말이 유행했다. 서울의 화장터가 홍재동에 있을 때 응암동 고태골에 공동묘지가 있었다. 서울서 골로 간다는 말은 고태골 간다는 말이었고 대구서 골로 간다는 말은 가창골 간다는 말이었다. 골로 간다는 말은 죽으러 간다는 뜻이었다. 싸울 때는 '골로 보낸다'고 으름장을 놓았다. 한국전쟁이 일어나자 1950년 6월에서 10월 사이 대구형무소에 수감된 재소자 2천~3천 명과 각지에서 예비 검속된 보도연맹 관련자 5천 명 등이 가창골, 경산 코발트광산, 앞산 빨래터, 학산공원, 신동재, 파군재 등에서 집단 사살되었다.

보도연맹이란 1948년 12월 시행된 국가보안법에 따라 공산주의 사상을 가진 사람이나 좌익운동을 한 사람들을 사상 전향시켜 보호하겠다고 만든 단체였다. 그러나 북한이 침략해오자 다급해진 정부는 이들이 적이 될까 두려워 국군특무대, 헌병대, 반공단체 등을 개입시켜 정식재판도 없이 보도연맹 가입자들을 즉결처분한다. 정부의 공식발표로는 4천 934명이 죽었다고 한다. 전쟁 뒤 정부는 당시 무질서했던 상황을 설명하고 학살 장소와 인원을 밝히고 잘못을 인정하고 사과했다. 억울한 사람들에게 보상도 해주었다.

정부의 이런 태도를 보자 종북 좌파들은 신이 났다. "북한은 전혀 이런 야만스런 짓을 하지도 않았고 인민을 보호했는데 정말 남한 정부 나쁜 놈들"이라고 입에 거품을 품었다. 정부가 스스로 잘못을 시인했다고 신이 났다. '게르니카' 그림으로 재미 본 피카소가 '한국에서의 학살'이라는 제목으로 한국전쟁의 참상을 그림으로 만들었다. 피카소야 누구를 편들기 보다 전쟁의 잔혹함을 말하고자 했을 것인데 종북 좌파들은 '미군이 황해도 신천에서 민간인 학살히는 장면'이라며 선전에 열을 올렸다. 북한은 우리 정부가 저지른 행위와는 비교도 하지 못할 엄청난 짓을 저질렀다. 그러나 티끌만치도 과오가 없는 사람들처럼 행세를 한다.

가창 댐 입구에서 조금 더 들어가면 왼편 산비탈에 암자가 하나 있고 그 부근에 비목(碑木)이 하나 있었다. 가창 댐 만들 때 바닥에 있던 총살 당한 백골들을 옮겨 묻은 뒤 세운 집단 무덤의 표지였다. 세월이 지나면서 그 나무 표지판도 없어지고 집들이 들어서자 지금은 그 장소조차 찾기 어렵게 되었다. 당시 총살 현장에 있었던 관계자들의 증언을 들어보면 사격 직전 누군가가 선창하자 일제히 같은 노래 소리가 울려 퍼졌다고 한다.

달도 하나 해도 하나 사랑도 하나
이 나라에 바친 마음 그도 하나 이련만
하물며 조국이야 둘이 있을까 보냐
모두야 우리는 단군의 자손
물도 하나 배도 하나 산천도 하나

삼천리에 뻗힌 산맥 그도 하나 이련만
하물며 민족이야 둘이 있을까 보냐
모두야 이 겨레의 젊은 사나이
−김건 작사, 이봉룡 작곡, 남인수 노래−

서로 죽이기 위해 총을 쏘다 죽으면 덜 억울하다. 하지만 총도 없는 민간
인들, 특히 아녀자들이 죽는 건 비극이다. 왜 죽어야 되는지도 모르고 죽
으며, 실체도 없고 진리도 아닌 사상의 노예가 되어 인간을 짐승처럼 죽이
는 것이 전쟁의 비극이다. 지금은 전쟁이 끝났는데도 죽인다. 적폐라고 죽
이고, 밉다고 죽이고, 내 편이 아니라고 죽이고 있다. 전쟁적 비극은 오늘
도 한국에서 계속되고 있다. '달도 하나 해도 하나'의 노래가 미처 끝나기
도 전에 요란한 총소리가 가창골짜기를 울려 퍼졌다. 그 이후 한 동안 대구
사람들은 어원도 잘 모르면서 '골로 간다'는 말을 쉽게 했었다. 지금도 눈
에는 보이지 않지만 골로 가는 사람들 참 많다.

31

양양한 앞길

나라는 북한에 밀려 곧 망하게 생겼는데도 철없는 도시의 아이들은 마냥 즐겁기만 했다. 모든 것이 부족했던 시절 전쟁이 나니 생전 보지도 듣지도 못했던 외국 물자들을 구경하게 되고 먹을 것도 생기니 신이 났다. 길은 온통 사람으로 북적거렸다. 팔도 조선 사람들이 저마다 다른 말을 쓰며 다니는 것도 신기하고 더구나 서로 다른 복장에다 얼굴이 흰 군인, 검은 군인들이 길거리를 누비고 다니는 것도 큰 구경거리였다. 이들은 길 걷다 크래커, 초콜릿, 바둑 껌 등을 던져 주면 동네 아이들은 모이 본 닭처럼 땅에 머리 박고 주워 먹기에 정신이 없었다. 계집애들이 고무줄 할 때는 우리말 동요를 부르는 게 자연스러운 데 일본 노래, 동요, 군가를 짬뽕해서 불렀다. '무찌르자 오랑캐 몇 천만이냐?'서 부터 '전우의 시체를 넘고 넘어'도 자주 불렀다. 아주 즐거운 마음으로….

동물에게는 '명기(銘記)'라는 게 있다. 어릴 때 보고 들은 모양이나 소리가 각인(刻印)되어 평생 간다는 말이다. 지방 말을 배운 뒤는 서울 가도 서울말을 못한다. 일부러 외국말처럼 배워야 서울말이 된다. 때를 놓친 수신(修身)도 그냥은 회복이 안 된다. 대봉동에 있던 대구보충대(일제시대 가다쿠라 제사공장 자리)에서 훈련을 마친 신병들은 도지사 관사 앞을 통과하여 16헌병대를 경과하여 국립극장(한일극장)을 지나 우회전하여 중앙통으로 간다. 대구역에서 기차를 타고 전선의 부대로 가기 위해서다.

　　양양한 앞길을 바라볼 때에
　　혈관에 파동 치는 애국의 깃발
　　넓고 넓은 사나이 마음
　　생사고 다 버리고 공명도 없다
　　보아라 우리들의 힘찬 맥박을
　　가슴에 울리는 독립의 소리

'용진가'가 자주 부르는 군가였다. 아무 표정도 없고 감정도 없이 부르던 그 행렬이 아직 기억이 난다.

그때의 많은 광경들이 나의 머릿속에 명기가 되어 있다. 군인들이 총을 어깨에 메고 군가를 부르며 행군을 하면 보기만 해도 신이 나고 멋있게 보인다. 그러나 그때는 이런 행군이 거의 매일 진행이 되다보니 시민들도 무관심하고 군악대도 없이 맥 빠진 군가만 들으니 패잔병을 보는 기분이었다. 그때 군인들은 싸우러 가는 사람들이라기보다 일하러 가는 인부들 모습이었다. 철없는 나는 "삼촌들이 어디엔가에 가서 죽는가 보다"라는 생각이 들었다. 산도 높고 물도 맑은 곳에 태어나 이런 비극적이고 메마른 광경을 보지 않고 자랐으면 나도 남을 미워할 줄도 모르고 살아 있는 것을 모두 사랑할 수 있는 순진무구한 인간이 되었을 것이다. '앙팡 테리블'로 태어난 탓에 평생 명기된 메마른 나의 사고와 감정이 남아 이 나이까지도 남을 용서할 줄도 모르고 내가 누군인지도 모르며 살고 있나 보다.

'용진가'는 한국군 말고도 가사는 달라도 같은 음조로 독립군도 불렀고 북한에서도 불렀으며(유격대 행진곡) 현재도 행사 때 연주를 한다. 김대중 대통령이 2000년 북한 갔을 때 순안비행장 행사에도 이 노래가 연주되었다. 그들의 가사는 이렇다.

"동무들아 준비하자 손에다 든 무장, 제국주의 침략자를 때려부시고, 용진 용진 나아가자 용감스럽게, 억 천만 번 죽더라고 원수를 치자."

아이러니한 일은 이 노래는 1908년 일본의 가미나가 료케츠(神長瞭月)가 작곡한 유행가 '하이카라부시'라는 것이다. 전주에 있는 신흥고등의 교가도 바로 이 노래의 곡조를 쓰고 있다고 한다. 독립군가 가사는 다음과 같다.

"요동만주 넓은 뜰을 쳐서 파하고, 여진국을 토멸하고 개국 하옵신, 동명왕과 이지란의 용진법대로, 우리들도 그와 같이 원수 쳐보세."

32

진짜 사나이

자금도 가슴속에 파고드는 소리
전태일 동지의 외치던 소리
"근로기준법을 지켜라"
"헛되이 말라"
외치던 그 자리에 젊은 피가 흐른다
내 곁에 있어야 할 그 사람
어디에 다시는 없어야 할 쓰라린 비극
ㅡ전태일 추모가(작사 작곡자 미상)ㅡ

전태일은 1948년 8월 26일 대구 중구 남산동 재봉사 전상수의 맏아들로
태어났다. 안 그래도 가난한 집이 사기를 당하는 바람에 살길을 찾아 1954

년 일가는 서울로 이사를 간다. 전태일은 남대문국민학교에 입학을 하였다. 가난은 여전하여 생활비를 벌기 위해 국민학교와 고등공민학교를 자퇴하고 거리에서 삼발이를 만들어 파는 행상도 하며 유년기를 보낸다. 1963년 다시 대구와 살다가 1964년 다시 상경한다. 1965년에 재봉기술로 청계천 평화시장 피복 점 '시다'로 취업했다.

당시는 그 동네 모두가 14시간 노동에 일당을 50원(차 한잔 값)을 받았다. 1968년에 근로기준법을 알게 되고 그 후 계속 해설서를 구입하여 공부를 계속한다. 1969년 6월 평화시장 최초의 노동운동 조직인 '바보 회'를 만들어 현재 근로조건이 근로기준법과 전혀 맞지 않음을 계몽한다. 그러나 그의 노동운동은 실패하고 1969년 9월부터 1970년 4월까지 건축노동자로 일하다가 1970년 9월에 평화시장으로 다시 돌아온다. 직급이 조금 높아져 재봉사 위인 재단사로 일을 하게 된다. 바보 회를 '삼동친목회'로 확대발전시킨다. 삼동 회에서 126장의 설문지에 90명의 서명을 받아 노동청에 제출하자 이런 내용이 경향신문에 크게 기사화된다.

이 사건이 노동계에 알려지자 삼동 회 회원들은 차제에 쥐꼬리 임금, 고무줄 노동시간, 노동자 인권 부재 등을 노동조합 결성을 통한 개선의 투쟁이 시작하게 되었다. 1970년 11월 13일 전태일과 삼동회 회원들은 근로기준법이 아예 노동자의 인권과 이익을 보호할 의지가 없는 법이라는 뜻에서 '근로기준법 화형식'을 벌였다. 경찰이 플래카드를 빼앗자 전태일은 손에 들고 있던 횃불을 자신의 몸에 댕겨 붙였다.

백두산의 푸른 정기 이 땅을 수호하고
한라산의 높은 기상 이 겨레 지켜왔네
무궁화 꽃 피고 져도 유구한 우리역사
굳세게 살아왔네. 슬기로운 우리겨레

−나의 조국, 박정희 작사, 작곡−

박정희의 선조들 고향은 성주다. 선비였던 그의 부친 박성빈은 가난해 처가 곳인 구미읍 상모리로 이사를 하고 박정희는 그곳에서 출생한다. 어린 박정희가 큰 형인 상희의 손을 잡고 당시만 해도 큰 도시였던 김천 황금시장에 장보러 왔다. 모처럼 큰 장에 온 김에 형이 소프트 아이스크림을 사 주었는데 알맹이를 다 먹은 정희가 그 껍질을 먹는 건지 버리는 건지 몰라 한 참 들고 다녀 시장 상인들이 촌것들 왔다고 한참 웃었다고 한다.

박정희 가족들은 적극적인 삶을 산 사람들이다. 조부는 동학접주를 하다 죽을 고비를 넘겼고 형 상희는 '대구 10.1사건'을 주동했다가 구미경찰에게 사살 당한다. 형의 영향을 받아 사회주의자가 된 박정희 자신도 여순반란 사건에 연루되어 총살 직전 특별사면 된다. 전태일은 독학해 당시만 해도 낯선 노동운동을 스스로 시작한 선구자다. 그의 몸은 한 줌의 재가 되어 노동운동의 머릿돌이 된다. 박정희는 초근목피로 목숨을 이어가던 최빈국(最貧國)을 부자 반열에 올리고 자신은 한 발의 총탄에 이슬처럼 살아져갔다. 멋있는 대구경북 사나이들이다.

33

공순이 비가(悲歌)

고려 공민왕 때 삼우당 문익점 선생이 원나라서 갖고 온 목화씨를 경남 산청면 사월리 배양마을에 살던 장인 정천익이 시험재배에 성공하고 베도 한 필 짠다. 그러나 대량 생산된 곳은 경북 의성이다. 조선 태종 때 삼우당 의 손자 승로 선생이 의성 현감으로 부임하여 금성면 세오리에 면화를 많이 심은 후 실용성 있는 베가 만들어 진다. 대구가 섬유도시로 커진 것은 일제 시대부터 지만 시작은 조선조부터라고 할 수 있다. 1905년 '추인호' 사장이 인교동에 족답기 20대로 '동양염직소'를 설립한다. 이 때부터 대구의 섬유 생산의 공장화가 시작된다. 동양염직소가 달성동으로 옮겨지면서 달성동과 비산동 일대는 직조공장 단지가 조성된다. 1917년부터는 여공도 대량 채용 되기 시작하고 1920년이 되자 달성공원 부근에는 20여 개의 직조공장이 생 겨간다.

빨간 꽃 노란 꽃 꽃밭 가득 피어도
하얀 나비 꽃 나비 담장 위에 날아도
따스한 봄바람이 불고 또 불어도
미싱은 잘도 도네 돌아가네

흰구름 솜구름 탐스런 애기구름
짧은싸스 짧은 치마 뜨거운 여름
소금땀 비지땀 흐르고 또 흘러도
미싱은 잘도 돌아가네
─노래를 찾는 사람 '사계'─공순이들은 땀 속에 헤엄치고 노래는 매끄럽다.

　기원전 2천 년경 "아내가 짠 세초(細草)가 있으니 이 것으로 하늘에 제사를 지내면 좋겠습니다, 하고 임금에게 비단을 바쳤다. 임금은 비단을 사용하고 남는 것은 창고에 두고 국보로 삼았다."세오녀가 짠 비단을 연오랑이 임금에게 바쳐 제사를 지내고 나머지는 국보로 삼았다는 기록이 삼국유사 '연오랑 세오녀' 편에 실려 있다. 우리나라는 삼한시대부터 견직물을 생산하였고 신라시대에는 마직물과 견직물 생산이 활발해진다. 경주의 배후도시였던 대구도 이 무렵부터 비단생산의 시작이 된다. 비단이 공장단위로 대량 생산되는 것은 1918년에서 1920년 사이이다. 일본인들이 설립한 '이다주' '가다포' '조선제사' 등이 생기며 대구는 성주, 군위, 예천지역에서 원료를 들여와 양질의 생사를 만들어 일본으로 수출되고 중하품은 시중으로 흘러나와 '동양 염직소'가 명주를 생산하게 된다. 1943년부터 1,700여 대의 직기가 명주의 대량 생산을 시작하게 된다.

　저기 가는 저 각시 공장에 가지마소

한 번 가면 못 나오는 저 담장이 원수라오
가고 싶어 가는가요?
목구멍이 원수이지
이내 몸 시들거든 사다리나 놓아주소
-전래 노랫가락-생사공장 여공들의 한 맺힌 노래다.

일제 강점기 대구에는 '가다쿠라' '대구제사'와 '조선생사' 등의 국내 최대
의 3대 생사공장이 있었다. 생사는 미국으로 수출되어 한 해 약 400만 원
의 거금을 벌어들였다. 세 곳의 생사공장 여공을 약 2,200여 명이 있었는데
20%가 대구, 달성 출신이고 80%는 군위, 경산, 칠곡, 선산, 김천, 청도, 상
주, 밀양 등지에서 온 15세에서 18세의 어린 처녀들이었다. 끓는 물에 고치
를 삶아 번데기를 빼내고 남은 고치로 실을 뽑는다. 제사를 위해 여공들은
하루 종일 끓는 물에 손을 넣어야 하니 살이 짓무르고 벌건 살점이 드러났
다. 김에 뜨고 더위에 달아 얼굴은 항상 푸석푸석하다. 하루 14시간 일하고
쉬는 시간은 점심 먹는 15분뿐이었다. 어린 공순이들이 가족봉양을 위해 한
번 가면 못 나올 수도 있는 화탕지옥(火湯地獄)에서 목숨을 건 고달픈 일을
하루 종일 하였다.

34

기생 춘도(春桃)

어느 해 동해의 작은 포구를 산책하다가 '춘도 집'이라는 옥호를 붙인 목로주점을 발견했다. 가슴이 뛰었다. 그 집에 춘도(春桃)가 살고 있는 것일까? 어릴 때 우리 동네에 춘도라는 기생이 살았다. 관사(官舍)촌인데 그런 사람이 살았으니 그녀는 죄인처럼 동네를 출입했다. 남의 눈을 피해 행동을 해 그녀를 본 사람들이 별로 없었다. 춘도는 의성군 금성이 고향으로 입하나 덜 욕심으로 어릴 때 식모살이하러 우리 동네로 왔다. 그때는 명자였다. 장작불을 땔 때도, 빨래를 할 때도, 나물을 다듬을 때도, 설거지를 할 때도 늘 노래를 불렀다. 어느 날부터 그 명자가 보이지 않았다. 소문에 기생학교로 갔다는 말이 들렸다. 당시에 대구에는 권번(券番)이 두 곳이 있었으니 그중 어느 한 곳이 갔으리라 생각했다. 요즘으로 말하자면 연예인 양성 엔터테인먼트 회사에 들어간 셈이다. 몇 년 뒤 식모살이 하던 그 명자가 춘도가 되어 기둥서방과 함께 우리 동네에 살려왔다.

명자는 모든 노래를 다 잘 부를 수가 있었다. 그 중 소위 '18번'은 '화류춘몽(花柳春夢)'이었다.

꽃다운 이팔소년 울려도 보았으며, 철없는 첫사랑에 울기도 했더란다
연지와 분을 발라 다듬는 얼굴 위에, 청춘이 바스러진 낙화신세,
마음마저 기생이란 이름이 원수다
점잖은 사람한테 귀염도 받았으며, 나 젊은 사람한테 사랑도 했더란다
밤늦은 인력거에 취하는 몸을 실어, 손수건 적신 연이 몇 번인고
이름조차 기생이면 마음도 그러냐?
빛나는 금강석을 탐내도 보았으며, 섭나는 세력 앞에 사양도 떨었다
호강도 시들하고 사랑도 시들해진, 한 떨기 짓밟히운 낙화신세
마음마저 썩는 것이 기생의 도리냐?
-화류춘몽(노래 이화자, 작사 조명암, 작곡 김해송)-

이화자는 신민요의 대표격이다. 춘도와 이화자의 삶은 똑같았다. 1934년까지 인천권번에 이화자의 이름이 있다. 아마 그 후 대중가요계로 간 것으로 짐작이 된다. 그녀가 부평 '니나노 집'에서 술집 접대부로 있을 때 '눈물 젖은 두만강'을 부른 김정구의 형인 김용환(작곡가)이 노래 잘 부르는 작부가 있다는 말들 듣고 부평으로 갔다. 주근깨 많은 이화자가 젓가락 두드리며 간드러진 목소리로 노래를 불렀다. 이렇게 스카우트된 그녀의 노래는 날이 갈수록 인기를 얻어 돈도 제법 많이 모았으나 방탕의 길을 걸었다. 아편을 맞기도 하고 문란한 성적 행각을 하며 살다 젊은 나이에 추운 겨울 밤을 헤매다가 삶을 마감한 비극의 여인이다.

춘도는 이미 노파가 되어 있었고 나를 알아보지도 못했다. 나에게는 그

녀의 옛 얼굴이 보였다. 옛날이야기를 한 참 하니 그제야 세삼 반가운 만남이 되었다. 그 후 가끔 그 술집에 가면 춘도는 항상 술에 절어 살고 있었고 경찰관 출신인 기둥서방 영감이 가게를 그럭저럭 꾸며나가고 있었다. 춘도에게 왜 기생 때 이름을 옥호로 달고 있었는지 물어보지 못했다. 권번 출신의 자부심일까 아님 우리 동네서 받은 설움을 바닷가에서 날려 보내려는 것일까. 언제부터인가 그 포구를 가지 않게 되었다. 꼬불거리던 옛길은 곧은 신작로로 바뀌고 동네의 헌집들은 없어져 버렸기 때문이다. "울려고 내가 왔던가 웃으려고 왔던가 비린내 나는 부두가를…." 춘도집 작부들과 수작(酬酌)하며 젓가락 장단에 같이 불러보던 '선창'은 옛날이야기가 되었다.

35

태권 수녀(修女)

희망원 경내에 정신과 전문병원을 만들며 소피아 수녀를 알게 되었다. 환우들이 동산에서 운동하고 놀이하며 야외치료를 받았는데 정신과 전문복지사가 드문 때여서 이런 치료를 지도해 줄 전문가가 없었다. 이때 아마추어 봉사자로 소피아 수녀가 나타났다.

원래의 보직은 희망원 주방 책임자였는데 밥만 해주는 게 아니었다. 퇴비더미에 대량으로 지렁이를 길러 몸이 쇠약한 원생들에게 토룡탕을 끓여주었다. 토끼도 사육해 보신탕을 만들어 원생들을 먹이기도 했다. 성격이 무어 하나 그냥 보아 넘지 못하는 소피아 수녀는 우리들의 야외치료에도 계속 참여하여 노래와 춤을 가르쳤다. 어느 날 환자들이 수녀님도 노래와 춤을 추라고 졸라 대었다. 소피아 수녀가 "학교 종이 땡땡 어서 모이자."라고 동요를 부르자. 옳은 노래(?)를 부르라고 난리가 났다.

오래 조르지도 않았는데 노래가 나왔다.

연분홍 치마가 봄바람에 휘날리더라
오늘도 옷고름 씹어 가며 산 제비 넘나드는 성황당 길에
꽃이 피면 같이 웃고 꽃이 지면 같이 울던
알뜰한 그 맹세에 봄날은 간다

모두들 놀라서 멍하게 쳐다보고 있었다. 2절이 이어졌다.

열아홉 시절은 황혼 속에 슬퍼지더라
오늘도 앙가슴 두드리며 뜬 구름 흘러가는 신작로 길에
새가 날면 따라 웃고 새가 울면 따라 울던
얄궂은 그 노래에 봄날은 간다
－봄날은 간다(노래 백설희, 작사 손노원, 작곡 박시춘)－

　남자보다 더 남자 같던 소피아 수녀의 입에서 간드러진 유행가가 흘러나
오자 환우들은 마치 하늘에서 하나님이 강림이라도 한 듯 모두들 일어서서
박수를 치며 함께 노래를 불렀다. 1953년 대구에서 탄생한 유니버설레코드
사가 발표한 작품이어서 대구 사람들이 특히 좋아하던 노래였다. 환자들의
예상을 깨트리고 춤추며 유행가를 불러 놀라게 했던 소피아 수녀의 특유의
행동은 계속되었다.
　몇 년 뒤 희망원을 나와 교동시장에 '요셉의 집'을 개설하여 배고픈 이들
에게 매일 무료급식을 했다. 일정한 수입은 없고 그날그날 찬조받은 쌀과
부식으로 식당을 꾸려 나가자니 애간장이 다 녹는 나날이었다.
　하루는 내일 밥할 쌀이 없었다. 어디에 부탁할 곳도 마땅치 않아 하릴없

이 기도만 하고 있었는데 한밤중 문 두드리는 소리가 났다. 나가보니 어떤 낯모르는 이가 쌀을 한 가마니 내려주고 갔다고 했다. 이런저런 고생 끝에 요셉의 집이 안정되자 소피아 수녀는 성주로 떠났다. 술 중독을 앓는 이들과 함께 '평화의 계곡'이라는 공동체를 만들어 살았다. 읍내 심부름 보내면 돈을 속여 술을 마시고 귀원한 원생들이 소피아 수녀에게 욕과 함께 주먹으로 맞고 이단옆차기로 차였다. 그들은 '성질 더러운 엄마' '깡패 할마시' 혹은 '태권 수녀'라고 불렀다.

몇 년 전 마산 진동면 황량한 바닷가에서 정신지체, 술 중독, 만성 정신병 환자들과 함께 살고 있는 소피아 수녀를 만났다. 많이 늙었고 너무 약해져 있었다. 봄날을 간다를 부르며 춤추고 술주정뱅이들을 두들겨 패던 깡패는 아니었다. 차차고 순해진 수도자 모습이었다. 그게 그녀의 본 모습이 아니라는 것을 아는 사람들은 가슴이 아팠다. 무언가 고장이 난 것이다.

지금은 수녀원에서 경영하는 요양원에 입원 중이다. 사람도 잘 못 알아보고 일상생활도 스스로 잘못하는 치매 상태로 지낸다고 했다. 마더 데레사 수녀가 희망원에 왔을 때 한 방에 자며 "노벨상은 당신이 받았어야 해."라고 했던 소피아 수녀. 이제 태권도를 할 수가 없다.

36

능금꽃 향기

사과나무는 원래 우리나라 산야에 자생하고 있었는데 '능금'이라고 불렀다. 11세기 말 고려 의종 때 나온 '계림유사'에 임금(林檎-능금의 어원) 이란 이름으로 최초로 문헌에 등장한다. 그 외 학설로는 조선 중기 때 중국 청나라 사신들이 올 때 '빈과(蘋果)'라는 이름으로 들어왔다는 기록도 있다. 조선 숙종 때 서울 북악산 자하문 일대에 20만 그루의 사과나무를 심었다는 이야기도 전해 온다. 대구에서는 '산 능금'은 알이 작고 맛도 시어서 먹지를 못하는 산과일이었다. 1960년대까지 서울도 세검정 냇가에 가면 산 능금이 여러 그루가 자라고 있었다. 사과의 원산지는 중앙아시아 코카서스 지방인데 지금도 카자흐스탄에는 그 후손인 야생의 사과나무가 자라고 있다. 이 사과가 비단길을 따라 중국으로 간 것은 '능금'이 되었고 유럽으로 가게 된 것은 '사과'가 되었다. 사과의 품종은 2천500여 종으로 색깔은 빨간색으로부터 초록색, 노란색 등이 있으며 크기는 대추만 한 것부터 핸드볼만 한 것까지 다양하다. 대구서는 사과라는 말은 요즘에나 쓰지 옛날에는 능금이라는 말을 주로 사용했다.

'대구 사과'의 원조는 1899년 동산병원 초대원장인 미국인 존슨이 미주리에서 '미주리' '스미스사이다' '레드베아밍' 등 3품종 72그루의 사과나무를 들여와 남산동 병원 사택에 심은 것이다. 대부분 죽고 미주리 품종만 남아 있던 것을 1998년 2월 28일 현재의 동산의료원 자리로 옮겨 심어 놓았다. 한편 '대구 능금'은 1905년 무렵 일본인들이 칠성동과 침산동과 그리고 금호강을 따라 반야월에 심은 것이 시작이다. 존슨이 갖고 온 사과는 대구에 본래 있던 산 능금과 비슷하여 크기도 작고 먹을 수도 없는 관상용이었다. 꽃이 곱고 열매가 예뻐 대구 사람들은 흔히들 '꽃사과'라고 불렀다. 어떤 이들은 동산의료원 꽃사과를 개량해서 먹는 과일이 대구 사과가 되었다고 잘못 알고 있는 사람들이 있는데 동산병원 사과는 화초의 일종일 뿐 유명한 과일인 대구 능금과는 별 관계가 없다. 을사늑약 무렵 일본인들이 들여온 능금이 크고 먹을 수 있는 과일 대구 능금(소위 대구 사과)의 원조가 되는 것이다.

1949년 농림부에서 추천 장려하여 능금을 주제로 한 물산장려의 건전가요가 만들어져 토박이 대구인들은 어릴 때 자주 불렀다.

능금, 능금 대구 능금 이 나라의 자랑일세
너도나도 손을 잡고 힘을 다해 배양하세
에에헤 좋고 좋다 에에헤 좋고 좋다
능금, 능금 대구 능금 능금 노래를 불러보세
-대구 능금의 노래(작사 이응창, 작곡 권태호)-

불로동에서 불로천을 거슬러 팔공산 쪽으로 올라가면 도동 측백나무 숲이 나오고 도동 약수터가 가까워지면 길을 좁아지고 산은 깊어진다. 막힐 듯한 길을 돌아서면 갑자기 넓은 들이 나온다. 그래서 이름이 평광동(平廣洞)이다. 여기 팔공산 한쪽 기슭에서 마지막 대구 능금이 남아 숨을 할딱거리고 있다. 대구 사람들은 사과와 능금을 구별하지 않는다. 전부 능금이라고 부른다. 능금은 원래 대구에 있었던 나무이고 사과는 외래종이라고 생각해서 통틀어 능금이라고 부른다. 벽창우(碧昌牛) 같은 대구 고집이다. 대구경북 사과협동조합이 아니고 능금협동조합이라고 부른다. 칠성시장의 사과 전문시장도 이름이 능금시장이다. 우리나라가 못 살 때 대만의 바나나와 물물거래해서 전 국민에게 바나나를 맛보게 했던 대구 능금이다. 생자필멸, 대구 능금은 없어졌다

37

먼산의 아지랑이

'염불보다 젯밥'이라고 가끔 운동경기보다 치어리더들이 경쾌하게 춤추는 모습을 보거나 팬들이 불러대는 신나는 응원가 소리 듣기가 더 좋을 때가 있다. 응원이라면 "연고(延高)전'이다. 서로를 '신촌 참새(독수리)' '안암동 고양이(호랑이)'라고 놀리며 함성 지르는 모습이 보기 좋았다. 올림픽과 월드컵 때는 범국민적 응원과 노래에 몇 날 며칠이고 흥분되어 업무도 옳게 못 볼 지경이었다. 그 후로는 집단 응원가로 '아리랑 동동'을 부르다가 최근에는 운동장에 가도 관객이 제창을 하는 노래가 없다. 몇 년 전에 경부선 KTX를 탔는데 옆자리 남녀 한 쌍이 계속 신문지를 찢고 있었다. 이유를 물어보니 정신은 온전한데 대답이 이해가 되지 않았다. 주말을 맞아 고향 부산에 가는데 롯데 야구팀을 응원하기 위해 신문을 찢는다는 것이다. 설명을 듣고 더 어려워졌다. 그들의 말은 TV를 보면서 뜻을 알게 되었다. 부산 구덕운동장을 가득 메운 응원단들이 머리에는 물건 싸는 비닐봉투를 뒤집어 쓰고 손에는 찢어진 종이로 만든 먼지떨이를 흔들며 '부산 갈매기'를 부르고 있었다. 우리나라의 응원문화는 부산에만 남아있다.

대구경북에는 부산처럼 시민들이 함께 부르는 응원가가 없다. 아니 있었는데 없어졌다. '먼 산에 아지랑이 품 안에 잠자고, 산골짜기 흐르는 물 또 다시 흐른다. 고목에도 잎이 피고 옛 나비도 춤을 추는데, 가신님은 봄이 온 줄 왜 모르시나요?' 5,60년대 대구를 비롯해 영천, 고령, 영주, 봉화, 점촌 등에서는 운동회만 하면 반드시 불러지던 응원가가 이 노래이다. 신기하게도 경북 외에는 이 노래를 부르는 지방은 없었다. 같은 노래지만 지역에 따라 약간씩 가사가 다르다. 운동장에 모여 낯모르는 사람끼리라도 쉽게 어깨동무하고 불렀다.

이 노래는 일본인이 작곡한 가요다. 1932년 8월 10일 '베니스의 뱃노래'라는 제목으로 발표되었는데 '타카기 아오바(高木靑葉)'가 작곡하고 '고토 시운(後藤紫雲)'이 작시한 노래로 '츠치도리 토시유키(土取利行)'와 '바이쇼 치에코(倍賞千惠子)'가 불렀다.

봄은 베니스의 밤의 꿈
눈물에 꿈도 탄식에 젖어
조약돌 진주와 덧씌워지는 파도 거품
슬프게 떠나는 배를 사모하노라

이 노래가 히트를 하자 1936년 6월 '핫토리 료이치(服部良一)' 편곡, '이하윤(異河潤)' 작시하여 대구 출신으로 최초로 유행가수가 된 장옥조(蔣玉祚, 예명−미스 리갈)가 '애수의 해변'이란 제목으로 노래를 부른다.

부두의 밤바람은 나그네 한숨
물결 위에 달그림자 세여 지는데
먼 길을 떠나가신 님의 배는 어디로 가나
오늘 밤도 그리움에 눈물 짓노라

사실 이 노래는 이미 1930년 3월 '추억'이라는 제목으로 '홍문희'가 노래를 부르고 콜롬비아 관현악단이 반주를 해 일본축음기상회가 조선 소리반으로 발매했었다.

먼산의 아지랑이는 품에 잠자고
산 곡긴에 흐르는 물은 다시 흐른다
고목에도 잎이 피고 옛 나비는 춤을 추는데
가신님은 봄 온 줄도 모르시는가

뜰 앞에 나린 봄은 녯 봄이건만
뜰 앞에 흐른 물은 녯물이 아니네
모진 바람 소낙이도 봄날이면 사라지건만
녯적에 흐른 가삼은 아직도 그대로

도다오는 금잔듸를 알고누어서
끝없는 푸른 하날이 품에 안긴다
녯꿈을 꿈꾸려고 부질없이 눈을 감노라
사랑하는 너에게도 봄은 왔겠지?

60년대, 누가 작사하고 작곡한 노래인지도 모르며 한참 부르던 노래 '사

랑해 당신이' 나중에 정식 음반으로 출반된 것과 같이 먼 산의 아지랑이도
그렇게 사람들의 입으로 구전되다가 '추억'이란 제목으로 정리되어 탄생한
것 같다.

38

전파사

깡통차기, 딱지치기, 막대놀이, 고무줄놀이, 구슬치기, 말타기 등이 아이들의 주된 놀이였던 1950~60년대 큰 동네에는 전파상이 한두 개 있었다. 주된 업무는 라디오를 고치는 일이었다. 라디오가 귀한 시절이라 기술자들의 자부심도 대단했다. 동성로의 점포들은 수리보다는 라디오, 축음기를 주로 판매하였으니 주인들의 자부심이나 사회적 위상도 높은 편이었다. 중앙통이나 교동시장, 서문시장 주변 같은 번화가가 아닌 약간 후진 동네 전파상은 큰돈은 벌지 못했다. 매매할 물건들이 별로 없었기 때문이다. 그깟 중고 라디오 몇 대 팔아봐야 남는 게 적었기 때문이다. 라디오나 축음기 수리가 주업이었지만 축음기 음반을 팔아 버는 수입이 더 많았다. 날이 밝고 출근시간 무렵이 되면 음악이 시작된다. 하루 종일 길가를 향한 스피커는 악을 쓰듯 큰 소리를 내었다. 생계가 걸렸으니 그럴 수밖에 없었다. 노래는 밤에 가게문을 닫을 때까지 계속되었다.

요즘 같으면 소음공해의 주범으로 고발을 당하여도 여러 번 당했을 것이다. 특히 12월이 오면 크리스마스 캐럴이 유난스럽게 소란을 떨었다. 전파상마다 조금씩 버전을 달리하는 크리스마스 캐럴을 경쟁하듯이 크게 틀어놓았다. 하지만 동네 사람들은 이 전파상을 통해 음악감상도 하고 최신곡도 배우는 덕에 소란을 참고 견디었다.

싱싱싱, 유아마이 션샤인, 다이아나, 오캐롤, 세드무비 같은 서양 노래도 전파상을 통하여 접하던 시절이었다. 클리프 리차드의 디영원스, 탐 존스의 고향의 푸른잔디, 딜라일라 등도 주메뉴였다. 조영남이 이 무렵 탐 존스의 딜라일라를 번안곡으로 불러 많은 인기를 얻었다. 대개는 우리 가요를 내보내지만 주인의 취향에 따라 외국 곡을 가끔 내보내는 전파사도 있었다. 자신이 최신 음악의 전도사라는 사명감으로 동네 디스크자키 노릇도 했다. 봉봉 사중창단, 뚜아에 모아, 김세환, 송창식, 윤형주 등의 가수들도 전파상 덕에 유명세를 타게 된다. 처녀뱃사공, 이별의 종착역, 외나무다리, 꽃집 아가씨, 사랑을 하면 예뻐져요 등이 전파상의 스피커를 통해 울려 퍼졌다. 남진의 가슴아프게, 최희준의 하숙생과 맨발의 청춘, 대구 출신 남일해의 빨간구두 아가씨와 오기택의 아빠의 청춘, 김상희의 대머리 총각, 한명숙의 노란샤쓰의 사나이, 문주란의 동숙의 노래, 펄시스터즈의 커피 한잔 등이 이 무렵에 인기를 끌었던 노래들이다.

학생들이 등교하는 시간에는 행진곡 같은 빠른 템포의 곡을 틀어주는 재치있는 전파상 주인도 있었다.

메이저급 전파사들은 TV가 나오면서 시민소리사는 삼성, 신광소리사는 금성 판매전문점으로 변신하기도 했다. 아세아, 서라벌, 대지, 지구, 한일 소리사는 레코드판만 전문으로 팔았다.

이 무렵 김광석의 아버지도 방천시장에서 번개전파사를 운영하고 있었다. 어린 김광석은 아버지가 틀어주던 노래를 들으며 가수의 꿈을 키웠던 것이다. 방천시장에 있던 광석이네 전파상은 서울로 이사를 갔다. 부자가 모두 고인이 되었지만 오늘날의 방천시장은 번개전파사의 아들 김광석이 부른 노래의 힘으로 새롭게 탄생하고 있다.

39

방탄소년단

1961년 일본의 사카모토 큐의 '위를 보고 걷자'가 연속 3주 빌보드 싱글차트에 1위로 랭크되었다. 한국의 젊은이들은 남의 좋은 일에 차마 욕은 못하고 벙어리 냉가슴을 앓았다. 1964년 도쿄 하계 올림픽이 열렸다. 개막식에서 기미가요가 웅장하게 울려 퍼지자 부러움과 부끄러움에 가슴이 미어지는 아픔을 느꼈다. 눈물을 닦으며 우리도 힘을 길렀다. 1988년 서울서 하계 올림픽을 개최하였다. 작년 싸이가 '강남스타일'이라는 노래가 빌보드 싱글차드 2위에 올랐다. 사카모토에게 기죽고 기미가요에 울었던 세대들은 "이 정도면 우리의 한도 어느 정도 풀렸어."라고 말 춤을 추었다.

올해 방탄소년단이 빌보드 싱글차트 1위를 했다. 방탄소년단은 2013년에 데뷔 한 RM, 슈가, 진, 제이홉, 지민, 뷔, 정국 7명의 힙합 남자가수들로 짜인 빅히트엔터테인먼트 회사의 그룹이다. 겉으로는 다른 보컬그룹과 별다른 차이가 없다. 그러나 방탄소년단의 경영방침은 남다르다. 팬들과 적극적인 소통을 위해 많은 노력을 기울인다. 2011년부터 트위터를 하면서 팬들과 소통하고 7명이 하나의 계정을 통해 소식을 알린다. 보통 아이돌은 잘 가꿔지고 회사에서 요구하는 예쁜 모습들만 팬들에게 보이려고 노력한다. 그러나 방탄소년단은 자신들의 이야기와 망가진 모습, 친숙한 이미지로 소통하는 것이 가장 큰 장점이다. 한국 가수가 빌보드 50차트 1위를 한 것은 방탄소년단처럼 온라인에서 팬들과 꾸준히 소통하고 다양한 콘텐츠를 만들면서 인기를 얻는 것이 새로운 트렌드라는 것을 증명한다.

방탄소년단에는 두 명의 대구 출신 가수가 춤과 노래로 열창하고 있어 신이 난다. '슈가(민윤기)'와 '뷔(김태형)'이다. 방탄소년단의 리드 래퍼 '슈가'는 연습실에서 땀에 젖은 모습의 자신의 사진을 '디다(힘들다)'라는 대구 말 해설을 하며 트위터에 올렸다. 태전초등학교, 관음중학교를 졸업하고 강북고등학교 2학년 때 서울로 전학을 갔다. 초등학교 때부터 랩을 시작하여 독학으로 전자악기 공부를 하고 고등학교 때는 음악을 편곡해서 돈까지 버는 능력을 보였다고 한다. 2016년 발표한 앨범에 제목 '724148'은 그가 대구서 통학할 때 타던 시내버스 724번을 표시한 것이라고 했다.

'뷔'는 미남인데다 각종 광고나 프로그램에서 대구 말을 하여 경상도 사나이의 매력을 한껏 발휘하여 인기를 끈다. 그는 아버지가 용과 내기 당구를 쳐서 이긴 상품으로 여의주를 받는 태몽을 꾸고 태어났다고 한다. 대구시 서구 비산동에서 태어나 유치원까지 대구서 다니고 거창 가서 초·중학교를 나오고 다시 대구로 와 대구제일고등학교를 다니다 '빅히트엔터테인먼트' 오디션에 합격하여 서울예술고등학교로 전학을 하게 되었다. 2016년에는 드라마 '화랑'으로 연기자 데뷔, 2017년에는 미국 영화 사이트 TC캔들러 선정 세계에서 가장 잘생긴 얼굴에 1등으로 뽑히기도 했다.

okay, okay, okay 대구에서 태어나 대구에서 자랐지
수혈받기엔 좀 힘들어 몸속에 파란 피
이 새끼는 매 앨범마다 대구 얘기를 해도
지겹지도 않나 봐 생각을 할 수 있지만
Im a d-boy 그래 난 d-boy
솔직하게 말해 대구 자랑할 게 별 게 없어
내가 태어난 것 자체가 대구의 자랑? ho 그래? 아, 그래,
자랑할 게 없기에 자랑스러워 질 수 밖 안 그래?
ayo. 대구출신 가장 성공한 놈이네
이런 소리를 들을 거야
잘 봐라 이젠 내가 대구의 자랑 새 시대 새로운 바람
대구의 과거이자 현재 그리고 미래
―방탄소년단의 고향 노래 'ma city' 중에서 대구편―

40

거지 떼

한국전쟁 이후 몇 년 동안 대구 시내에서는 "중앙, 중앙 거지 떼들아! 깡통의 옆에 차고 부잣집으로 달려라, 달려라, 달려."라는 미국 가요응원가 곡에다 가사를 붙인 노래가 유행하여 많은 대구 시내 국민학교 아이들이 이 노래를 불렀다. 특히 대구국민학교나 수창국민학교 남자아이들은 중앙국민학교 교문 앞에 와서 이 노래를 대놓고 합창했다. 싸움을 걸기 위한 전주곡으로 이 노래를 불렀던 것이다. 그 시절 중앙국민학교(현 중앙초등학교) 아이들을 왜 '거지 떼'라고 불렀을까? 대구서 모르는 게 없는 사람이라고 자타가 인정하는 사람도 모르고 문헌을 아무리 뒤져보아도 답을 찾을 수가 없다. 한동안 잊혀 가던 이 노래가 다시 기억에 떠오른 건 얼마 전 서양 교향악단의 연주 중에 '중앙 거지 떼'의 전곡이 연주되었기 때문이다. 행진곡 형태로 신나게 연주되었다. 그 시절 이런 고급 음악에 왜 이상한 가사를 붙여 노래를 했을까?

공평동 중앙국민학교 담 너머에 법원과 검찰청이 있었다. 형무소, 육군 본부, 도지사 관사, 경찰국장 관사, 시청이 부근에 있었다. 학교의 서쪽에는 동성로 가게골목과 양키시장이 있었다. 동인동, 공평동, 주택가에는 양키시장, 동성로에서 금은방, 카메라 상회, 전자 상회를 경영하는 부자들이 살았다. 중앙학교는 고급공무원과 부잣집 아이들과 피난 온 가난한 집 아이들이 같이 학교에 다녔다. 빈부의 차이가 이렇게 심한 학교는 없었다. 피난민 아이들이 학교에 들어오면서 중앙국민학교는 학교 건물은 전처럼 그대로 있어도 알맹이는 팔도조선 축소판 학교로 변질되었다. 여태 보지 못한 아이들의 돈벌이가 시작되었다. 북쪽에서 내려온 아이들은 주로 신문 배달이나 신문팔이를 했다. 구두닦이 하는 아이들도 있었다. 극장 포스터 붙이기, 미군들의 사택에서 '하스 뽀이(하우스 보이)'도 했다. 밥 굶고 돈벌이를 하는 초라한 아이들을 보면 분별없는 아이들 눈에는 거지로 보였을 것이다.

전쟁이 끝나고 피난민 학교가 없어지며 북쪽 고향으로 돌아가지 못한 아이들은 중앙국민학교에 편입되어 대구 사람이 되었다. 전쟁 중에는 공평동 학교가 미군에게 징발되고 경북의대 부속병원 앞에 있는 공터에 판잣집(나중에 동덕국민학교가 됨.)을 지어 놓고 저학년은 거기서 공부를 하고 고학년은 신천에서 노천 수업을 하였으니 이들이 거지가 아니겠는가! 고급공무원 그리고 부잣집 아이들에 대한 부러움과 질투심 그리고 피난민이 주축되어 거지와 다름없이 겨우 먹고 사는 빈민촌 아이들에 대한 측은지심과 경멸의 감정이 거지 떼라는 단어로 분출되었다고 생각이 된다. 이 노래를 부르던 축들은 어느덧 노인들이 되었다.

'중앙, 중앙 거지 떼' 노래가 어린 시절 들어도 무감동이고 지금 들어도 화가 나지 않는다. 잘 사는 집 아이들은 자신이 거지가 아니었으니 감정이 생기지 않고 못사는 아이들은 자신들이 거지와 다름없었다고 생각하고 있었으니 별 화날 것도 없었다. 당시의 거지는 요즘은 거지와 달리 야비하거나 추악하지 않았다. 거지라는 말은 다만 하나의 존재에 대한 명칭이지 멸시의 대상은 아니었으므로 노래 또한 기분 상할 일이 되지 못했다. 미스 코리아 손미희자, 가요왕 손시향, 남일해 그리고 야구의 신 이만수와 이승엽 등이 거지 떼의 후손들이다. 언제 선후배 모두 모여 '중앙 중앙 거지 떼'들아 크게 합창 한 번 했으면 좋겠다.

41

기아선상(飢餓線上)의 아리아

어떤 가수는 노래 한 곡 불러 평생 먹고살고 또 어떤 가수는 몇 년에 한 번 리사이틀만 해도 떼돈 번다. 노래 한 곡 안 불러도 전국 노래방서 다달이 보내 주는 돈으로 부자로 사는 가수도 있는가 하면 남이 그린 그림을 자신의 것이라며 그것 팔아 돈 버는 가수도 있다. 그러나 대부분의 가수는 배가 고프다. 특히 '인디 가수'들은 굶는다. 무슨 분야든 인디가 붙으면 가난뱅이다. 인디 영화. 인디 음악 하는 사람 전부가 가난뱅이다. '인디'라는 말은 '인디펜던트'가 본딧말인데 독립이라는 말의 영어다. 일제 강점기 일본으로부터 독립하겠다고 싸우던 애국 열사들이 얼마나 고생했는가? 목숨까지 빼앗기기도 했다. 음악에서도 상업적인 거대 자본과 유통 시스템으로부터 독립해서 자신이 하고 싶은 음악을 하는 부류를 인디라고 한다. 메탈이나 힙합 같은 구체적 장르를 하는 것이 아니라 메시지, 창작성과 자율성에 치중하여 활동하는 대중문화의 아웃사이더들이다. 그들은 독립 소자본으로 설립한 인디 레이블에서 음악을 제작한다. 문외한들은 인디 음악가들은 인기가수가 되지 못해서 인디가 되었다거나 혹은 언더그라운드나 아마추어와 비슷한 개념으로 오인하기도 한다.

1994년 서울 홍익대 앞에서 펑크 클럽 '드럭'이 생긴 것이 한국 인디 음악의 시작이다. 1996년에 'OUR NATION'이 제작된다. 초기의 인디는 질펀한 길거리 난장판 음악, 퍼포먼스적인 왜곡된 이미지만 연출하고 젊은이들의 광란이나 유흥문화의 발흥처럼 음악이 전개되었다. 그러자 인디 음악은 인기가 없어지고 팔리지 않는 괴상한 음악이라는 편견과 아마추어들이 구사하는 언더그라운드 음악이라는 오해를 받고 대중의 관심에서 일단 지워진다. 그러나 2000년대 인터넷, 디지털 시대가 되면서 자체적으로 저비용의 홈 시스템이 가능해지자 2005년 부터 인디음반들이 급증하며 재평가받기 시작했다. 음악도시 대구에도 인디 음악이 들어왔다.

2018년 11월 27일 '인디053'이 주관하는 거리공연(스트리트 어택)을 시작으로 '대구독립음악제'가 시작되었다. 대구독립음악제는 대구를 중심으로 활동하는 다양한 장르의 인디뮤지션을 발굴하고 지원하는 프로젝트다. 프로그램은 '스트리트 어택' '대구인디사운드 페스티벌' '인디 컬처 포럼'등으로 구성되어 있다. 스트리트 어택은 동성로, 수성못 등의 야외무대에서 4월 27일부터 11월까지 공연을 한다. 참여 뮤지션은 '안녕 엘시사' '더 튜나스' '전복들' '극렬' '톤 셀트' 등 50개 팀이 참여한다. 대구인디사운드 페스티벌은 야외 인디음악 축제로써 대구시민생명축제와 함께 진행되는데 8개 팀이 참여한다. 인디 컬처 포럼은 대구 인디 음악의 어제와 오늘을 통해 내일을 살펴보는 학술포럼이다. 여기에는 대구 인디 음악과 문화 전문가들이 참여해 지역 인디 음악에 대한 발전 방향에 대한 연구토론을 펼친다.

2018년 11월 6일 대구 2.28 중앙공원에서 장례식이 있었다. 장례식은 음원이 3천 번 재생되어야 패스트푸드에서 커피 한 잔 사 마실 수 있는 수입이라며 인디 음악에 합리적인 구조와 지자체의 예술가 지원 사업을 현실적으로 지원해달라는 퍼포먼스였다. 대구의 인디 음악을 하는 젊은이들이 독립의 대가로 굶어 죽어서야 되겠는가? 십시일반의 시민의 후원이 있어야 산다. 예술의 도시 대구에서 예술 하다 굶어 죽는 사람이 있어야 되겠나? 현재 대구 인디 음악은 기아선상(飢餓線上)의 아리아이다.

42

오페라 하우스

외국의 뮤지컬이 한국에 오면 대구에서 첫선을 보이고 서울로 간다. 어쩌다 한 번이 아니고 통상적이다. 작년의 뮤지컬 '레미제라블'도 대구에서 먼저 막을 열었다. 올해 '아마데우스'도 서울보다 먼저 대구서 막을 올렸다. 9년 만에 한국에 온 러시아의 '키예프 국립발레단'도 '렛잇비'도 대구서 서울로 가고 있다. 부자는 망해도 삼 년 먹을 것은 있다고 했다. 대구가 경제적으로는 망하고 딴 도시들과 차마 등수를 헤아릴 수가 없는 존재가 되었지만 음악에서만은 대한민국 최고의 도시임을 자랑하고 있다. 대구가 서울, 평양과 천하를 삼분하고 있을 그때 예술을 아는 교양 있는 시민들의 전통이 아직 이어지고 있고 기반 면에서도 대규모 공연장(1,000석 이상)이 많이 있어 음악에서 타 도시의 앞을 가고 있다. 2010년에는 대구시와 대구국제뮤지컬페스티벌(DIMF)이 공동 제작한 뮤지컬 투란도트가 서울로 진출했고 2016년 8월에는 중국으로 수출이 되었다. 대구국제오페라축제 (DIOF), 대구국제뮤지컬페스티벌이 대구 오페라 하우스의 대표적 국제 공연 페스티벌이 되고 있다. 그런 한편 자체적인 지역 축제도 활발하게 유치하고 있다.

대구 사람들이 외국에 가서 대구서 왔다면 아무도 알아주는 사람이 없다. 하지만 삼성의 탄생지서 왔다고 하면 부러운 눈으로 다시 본다고 한다. 삼성의 고향은 대구이고 대구가 삼성을 젖 먹여 키웠다는 사실은 영원히 기억되어야 할 것이다. 삼성의 제일모직 공장이 1996년 6월 대구를 떠나 구미로 갈 때 삼성은 마지막 작별 선물을 남기고 간다. 2000년 11월 착공하여 2003년 11월 오페라 하우스를 준공해 대구시에 기증한 것이다. 단일 공연장으로는 1천490개의 개석을 가진 국내 최초 오페라 전문극장이 탄생했다. 2003년 8월 7일 문익점 이야기인 창작 오페라 '목화'를 개관 작품으로 시작해 매년 가을 대구국제오페라축제가 개최된다.

2017년 10월 31일 자로 대구는 '유네스코 창의도시' 네트워크의 음악부분에 가입이 되었다. 유네스코는 2004년부터 문학, 음악, 금속공예, 디자인, 영화, 미디어, 음식 등 7개 분야에 뛰어난 창의성으로 인류문화 발전에 기여하는 세계의 도시를 선정해 네트워크를 구성하고 가입도시 간의 다양한 교류와 협력을 지원하고 있다. 대구는 이탈리아 볼로냐, 스페인의 세비아, 영국의 그래스고 와 리버풀 그리고 독일의 하노버와 만하임 등과 음악 창의도시로서 어깨를 나란히 하게 된 것이다.

대구가 유네스코 창의도시 네트워크에 가입하게 된 과정에는 날뫼북춤, 판소리, 영제시조 등 무형문화재 전수자에 의해 전통음악이 전승, 발전되고 있다는 점, 대한민국 근대음악의 태동지로 제1호 클래식 감상실 '녹향'이 문을 연 곳, 한국전쟁 중에도 바흐의 음악이 들렸던 도시로 외국에 소문이 나 있었다는 사실, 그리고 가장 중요한 사실은 오페라 하우스에서 아시아 최대 규모의 대구국제오페라축제와 대구국제뮤지컬페스티벌 등 글로벌 음악 축제가 10년 이상 상시적으로 개최되고 있다는 점 그리고 한국 전통 음악에서부터 오케스트라, 재즈, 포크, 힙합, 가요 등 다양한 음악 장르가 골고루 발달한 도시임이 크게 어필했다고 한다. 이 많은 음악 공연이 있기 위해서는 대구오페라하우스, 콘서트 홀(시민회관), 계명아트센터, 수성아트피아, 봉산문화회관, 학생문화센터, 동구문화센터 등의 아름답고 거대한 공연장이 있어 대구의 현대 음악이 전국은 물론 세계에 그 이름을 알릴 수 있는 것이다.

43

빛나는 별들

해방된 이듬해 10월 1일 대구에서 '남조선 노동당' 주도로 무장 공산폭동이 일어났다. 수많은 사상자가 발생하고 폭동은 동서남북 다른 도시로도 확산되어 공산폭도들이 공무원과 부자들을 총을 쏴서 혹은 얼굴 껍질을 벗기거나 몽둥이로 때려 무참하게 죽였다.

4년 뒤 '북조선 노동당'들의 본격적 남침이 시작되었다. 1960년 2월 28일 반독재 대구학생운동이 방아쇠가 되어 고려대학교 4.18. 그리고 하루 뒤 전국 대학생들의 4.19학생 혁명이 일어났다. 대구경북은 시대를 앞장서는 진보적인 도시였다. 일제시대 안동을 비롯한 경북 북쪽 양반들 중 독립운동의 수단으로 새 이데올로기인 공산주의에 의지한 사람들이 많았다. 경주 내남 사람 수운 최제우 선생이 창시한 동학이 전라도에서 꽃을 피운다. 대구경북이 이런 혁신적 도시인 줄도 모르고 수구 꼴통의 도시라고 이름 짓는 무식한 사람들이 있다. 이승만 정권 때는 대구 국회의원 전부가 야당인 민주당 출신이었고 전라도 사람 조재천이 경북도지사를 하다가 나중에 남구 국회의원까지 지냈다. 유신 18년 동안 대구경북인들이 수구의 보신과 우물 안 개구리적인 사상을 타파하여 이룩한 개혁적 업적을 단순하게 독재에 부역한 것으로 치부하는 무지한 인간들도 많다.

조선의 거대한 인물 서거정(호 사가정)선생은 대구 사람이다. 어릴 때 서울로 갔지만 고향의 잊지 못해 '대구 10경'이란 시를 남긴다. 서울 면목동에 사가정 공원이 있다. 사가정로가 있고 사가정역도 있다. 그러나 대구에서는 사가정 선생의 흔적을 찾아볼 수가 없다. 빙허 현진건 선생은 계산동에서 태어나 살다가 서울에 갔다. 서울 서촌에는 빙허 선생의 고택이 보존되고 있다. 그러나 그의 고향에는 아무 흔적도 없다. 대구는 판소리의 고장이었다. 전라도 전주 대사습의 예선을 거쳐 대구 감영에 온 판소리꾼들이 본선의 심사를 받았다. 이곳에서 합격이 되어야 정식 가수가 되어 서울 무대로 진출할 수가 있었다. 사람들은 판소리는 전라도 전유물이요. 색향 하면 진주, 평양, 강경이라고 한다. 대구가 권번이 두 군데나 있고 향촌동에는 수많은 요정과 음악학원이 있는 색향중의 색향이었다. 대구사람들은 그들의 고향이 기생 향기 풀풀 날리던 민중예술의 고장임을 모른다.

음악의 도시 대구 출신 음악가 중 유행가 가수만 소개해본다. 대구 최초의 유행가 가수는 1930년대 활약한 장옥조다. 39년 백년설, 42년 나화랑, 46년 강남달, 47년 고화성, 신세영, 53년 방운아, 56년 도미, 58년 남일해, 손시향이 초기 가수들이다. 후기 가수들은 1964년생 김광석부터다. 65년 장호일, 70년 배금성, 서진필, 이지연, 72년 이한철, 79년 양파, 박규리, 83년 김미, 86년 민효린, 베이식, 87년 이센스, 88년 Jun. K, 91년 샤이니 Key, 헤이즈, 92년 가은, 이승현, 93년 방탄소년단 슈가, 94년에 이승현, 동호, 95년 방탄소년단 뷔, 98년에 송유빈, 2000년에 예나가 활약 중이다.

운동장에서 조회를 기다리며, 동네서 고무줄놀이를 하면서, 치자 물들인 교실 나무 바닥에 초칠을 하여 광을 낼 때, 창문에 걸터앉아 유리창을 닦을 때 대구 아이들이 부르던 노래가 있었다. 그중에 가장 많이 불리던 노래를 함께 부르며 일 년 동안 연재되었던 대구음악유사 대구의 음악의 대미를 장식해본다.

 팔공산 줄기마다 힘이 맺히고
 낙동강 굽이 돌아 보담아 주는
 질펀한 백리 벌은 이름난 복지
 그 복판 터를 열어 이룩한 도읍
 우리는 명예로운 대구의 시민
 들어라 드높게 희망의 불꽃
 ─대구시민의 노래(대구시 제정, 작사 백기만, 작곡 유재덕 1955년 12월 20
채택)─

제2부

대
구
의

소
리

44

취침나팔소리

부대 철조망 밖은 유신(維新)으로 죽네사네하며 한참 떠들썩했지만, 민통선 북쪽 임진강의 겨울 병영생활은 한가롭기만 했다. 물론 얼마 뒤 동계 훈련이라는 혹독한 시련의 시간이 다가올 때까지만 그랬다는 이야기다. 한 병사가 막사에 기대앉아 하루 종일 나팔 부는 연습을 한다. 말이 연습이지 피스톤 없는 군용 나팔은 소리조차 나지 않는다. 청송 산골짜기에서 약초 캐다 입영한 농투성이 병사는 악기라고는 버들피리 밖에 불지 못한다. 어느 날 중대장이 나팔하나를 던져주며 기상나팔과 취침나팔을 불라고 명령을 했다. 이 병사는 가르쳐 줄 사람도 없고 혼자 아무리 불어도 소리조차 나지 않는 이 군용 악기와 며칠을 씨름하다 결국은 포기하고 악기를 반납하고 만다. "까라면 까야지" 명령 불복종한다며 중대장한테 흠씬 얻어맞았다.

1968년 한국 공군 조종사 16명이 미국으로 건너가 혹독한 훈련을 받고

1969년 8월 29일 오후 3시 대구 비행장으로 팬텀기를 몰고 왔다. 8대의 팬텀기는 3번의 공중급유를 받으며 태평양을 건너와 오키나와 미공군기지에 착륙한다. 그곳에서 성조기를 지우고 동체에 태극 휘장을 새긴 뒤 다시 이륙해 제주도 상공에서 마중 나온 우리 공군 전투기들과 합류하여 대구로 오게 된 것이다. 1969년 9월 23일 한국 최초의 팬텀기 비행부대가 '제151 전투비행대대'라는 이름으로 대구 공군비행장에서 창설식이 거행되었다. 이 자리에서 박정희 대통령은 팬텀기를 조종해 태평양을 건너 온 위대한 보라매들을 표창한다. 대령 전치범(공사2기), 중령 김인기(공사3기), 중령 강신구(34회—조간6기), 중령 김재수(공사5기), 중령 이재우(공사5기), 중령 이원순(공사5기), 중령 한증근(공사5기), 소령 박근태(공사6기)에게 공로표창장을 수여한다.

이 행사에 참여한 강신구 중령은 배우 강신영(신성일)의 형으로 나중에 소장까지 승진하였다. 팬텀기 인수 계획에 참여했던 대구 출신 조근해, 이광학 소령 등은 나중에 공군참모총장과 공군사관학교 교장까지 진급을 하고 전역한다. 이 당시 우리나라에서는 대구 공군비행장이 가장 컸다. 금상첨화 격으로 그 비행장에 세계적인 최신예 팬텀 전폭기가 주둔하게 되자 대구 시민들의 공군에 대한 애정과 자부심은 빨간 마후라들보다 더 깊고 컸다.

당시 불로동은 뒤는 고분군이요 앞으로는 불로천이 흐르고 그 주변은 능금나무로 뒤 덮힌 동화 같은 마을이었다. 요즘도 그 길은 남아 있는데 불로동 재래시장을 통과해서 동화사 가는 버스가 다녔다. 이 꿈같은 마을이 전투기들 때문에 시끄러웠다. 소음은 밤이면 더 견디기가 힘들었다. 공군들이 비행기 엔진을 정비하느라 굉음(轟音)을 내다 말다하는 바람에 불로동의 밤은 괴로웠다. 낮의 소음은 비행기가 검단동 쪽으로 이륙하면 이내 조용해진다. 잠깐만 참으면 된다. 하지만 야간 엔진 테스트는 지상에서 기약 없이 악을 쓰니 정말 견디기가 힘들었다.

밤 10시가 되면 별빛 교교한 동촌의 밤. 공군 비행장에서 취침나팔소리가 흘러나온다. 사위(四圍)는 적막강산, 새벽 예불의 목탁 소리 같은 한밤의 트럼펫소리에 비행장 공군 장병들의 가슴은 축축해지고 눈꺼풀은 무거워진다. 종일토록 전투기 조종연습 했던 빨간 마후라들, 이를 통제하던 관제사, 비행기에 폭탄을 장착하던 병사, 보급품을 나르던 병사, 비행장을 경계하는 육군 병사들, 주민들 고달팠던 하루를 마감한다. 임진강변 GOP부대 병사들은 듣지 못하는 취침나팔소리를 대구 11전투 비행단 병사들은 꿈속의 자장가 삼아 단잠을 이룬다.

45

가라오케

UN의 원조를 받아 겨우 명줄을 이어가던 최빈국(最貧國) Korea가 먹고 살만해지자 그들의 본능이 꿈틀거리기 시작했다. 신명이라면 한가락 하는 대구 사람들도 기지개를 켜기 시작했다. 부산으로 일본 텔레비전 나오는 여관을 찾아가는 사람들이 생겼다. 일본 텔레비전이 잘 나온다는 용두산 공원 아래 여관 동네를 기웃거리는 대구 한량들이 많았다. 여관방에 죽치고 앉아 일본 가수들의 노래도 듣고 드라마도 보았다. 그 무렵 부산에 상륙한 가라오케도 열심히 다녔다. 회식 때 기껏 젓가락 장단을 두드리거나 숟가락을 마이크 삼아 부르던 노래를 가라오케에서 부르니 천당에 온 것 같다. 반주에다 영상이 나오고 마이크가 되니까 신이 나고 호기심도 발동되어 인기 폭발이었다. 시간이 지나자 부산에 갈 필요가 없어졌다. 대구에도 가라오케가 들어왔기 때문이다.

호구지책이 해결되자 사람들이 험한 일이나 고된 일은 하지 않으려 한다. "노동은 신성한 것"이라고 '넥타이'들이 아무리 세뇌를 해도 속지 않았다. 남들이 하찮게 보고 힘든 일은 '3K'라고 불렀다. 위험(키켄), 고됨(키쓰이), 불결(키타나이)의 일본어 약자를 영어로 표시한 3K란 말을 썼다. 요즘 일본서는 3K에서 6K로 까지 발전했다. "큐료(급료)가 적다. 큐카(휴가)가 적다, 각코(모양)가 나쁘다".

시간이 지나자 우리는 3K에서 3D(Difficult, Dirty, Dangerous)란 말로 약자를 바꾸었다. 바꾸는 김에 아예 우리 말 약자로 바꿀 일이지 왜 영어로 바꾸었을까 이해가 안 된다. 영어로 써야 폼이 나는 모양이다. 은행들도 제 이름 앞에 NH농협, IBK기업은행, DGB대구은행, KB국민은행으로 영어 약자를 붙이는 이상한 짓을 하는 모양을 보면 아마도 내 짐작이 맞을 것이다.

일본의 '이노우에 다이스케'가 노래 반주기를 발명하고 이름을 '빈 오케스트라(가라 Orchestra)'라는 뜻으로 '가라오케'라고 명명을 했다. 1980년대 이 기계가 일본 열도를 휩쓸었다. 10년쯤 뒤 부산에 상륙한 가라오케는 처음에는 우리도 가라오케라고 따라 부르다가 최근에는 법적으로는 '노래연습장'이고 속칭 '노래방'이란 이름으로 한국화했다. 가수 김흥국이 자신의 노래 '호랑나비'를 노래방에서 불렀는데 46점이 나왔다고 한다. 멋 부린다고 기술을 너무 넣으면 그렇게 된다. 내 친구 중에는 지독한 음치가 있는데 노래방에서 가끔 100점이 나온다. 노래방 기계의 점수는 재미있으라고 만든 것이기 때문에 그렇다. 초기에는 노래의 음정과 박자 모두를 채점해 어느 정도 실력에 맞게 점수가 나왔다. 하지만 손님이 싫어했다. 스트레스 풀려고 갔다 스트레스 쌓이기 때문이다. 요즘은 박자만 채점한다. 그 덕에 고함만 지르면 가끔 음치도 백 점이 나오고 그들의 입이 귀에 걸리게 되는 것이다.

나이든 사람들의 최고 인기 프로그램은 '전국노래자랑'이고 '가요무대'가

다음 순위이다. 일요일 KBS와 같은 시간에 일본의 NHK에서도 전국노래 자랑을 한다. 일본에서도 가요무대가 있다. '진품명품'도 똑같이 한다. 어느 쪽이 베낀 것이 틀림이 없다. 문화란 늘 높은 곳에서 낮은 곳으로 흐르므로 자연스러운 일이다. 나보다 나은 거 베끼고 배우며 질을 높여 나가면 된다. 그러나 우리가 원조(元祖)라며 거짓말하는 방송인들을 보면 정말 꼴 보기 싫다. 그런 것은 애국이 아니고 매국이다. 가라오케의 고향은 일본이고 우리는 그걸 바탕으로 개발해 노래방으로 한국화를 했다. 언제 우리 것도 일본사람들이 배울 것을 창조해보자.

46

동동구리무

"낭감 사소, 낭감" 오전 10시쯤이면 어김없이 능금 장수 영감이 우리 동네에 나타난다. 찌그러진 리어카 판자 위에 능금들이 널려있다. 굵은 것, 작은 것, 벌레 먹은 것, 찌그러진 것. 어디 가서 저런 못난 능금을 떼어 오는 걸까? 저걸 다 팔아도 몇 푼 안될 텐데 어떻게 먹고 사는 걸까? 이 의문이 오래동안 내 머릿속에 남아 있었다. 우리 동네 '골목 외침'은 카운터 테너로 시작되고 이어서 '동동 구리무(크림)' 장수가 나타난다. 리어카에 커다란 항아리를 싣고 와서 동동 북을 울리면 동네 아낙들이 모여든다. 새 손님도 있고 빈통 들고 리필을 하기 위해 모이는 사람도 있었다. 사람 좋은 주인은 커다란 주걱으로 크림 통 가득하게 채워주었다. 몽고 간장 파는 사람도 북소리와 함께 등장한다. 능금, 크림, 간장 장수들은 매일 동네에 나타나는 정규직들이다.

비정기적 무리로는 호랑이고기 행상과 고래고기 파는 사람들이다. 이 사람들은 악기를 사용하지 않고 목청을 호객의 도구로 삼는다. 한반도에서는 1921년 경주 대덕산에서 호랑이가 잡힌 뒤 멸종되었다고 하는데도 사육한 놈인지 우리 동네는 자주 호랑이고기를 팔러 왔다. 호랑이 껍질 안에 마른 고기가 붙어 있는데 고질(固疾) 관절통, 신경통에는 최고의 명약이라고 했다. 고래고기는 "서울내기 다마내기 맛좋은 고래고기"라는 노래를 부르며 팔았는데 애들은 피난민 애들을 놀릴 때 이 노래를 많이 사용했다. 밤 외침의 주인공은 '영덕대기(영덕대게)' 사라는 우렁찬 목소리다. 잔뜩 군기 든 이 목소리는 찬 겨울밤의 한기(寒氣)를 더욱 돋운다. 대나무로 짠 크고 네모난 바구니에 찐 대게를 넣고 팔러 다닌다. 찹쌀떡 장수는 몇 년 더 지난 훗날 밤에 나타났다.

"콩나, 두바, 콩나, 두바" 종로경찰서 앞 안국동 골목에 아침이면 작은 종을 흔들며 영감행상의 소리가 났다. 그 무렵 나는 아직 서울말 초보 시절이라 무슨 물건을 사라는 소리인지 알 수가 없어 창문을 열고 내다보니 콩나물과 두부를 싣고 다니며 파는 행상이었다. 희한하게도 대구의 낭감장수 영감과 엇비슷한 높은 음정의 톤이다. 가끔 큰 징을 치며 "뚫어"하고 외치는 사나이도 나타났다. 어깨에는 대나무를 세로로 길게 쪼개 만든 얇은 작대기가 둘둘 말려있고 그 끝에는 헝겊 뭉치가 달려 있었다. 구들을 뚫는다고 했다. "되겠소, 되겠소"하고 다니는 행상도 있었다. 대학생이었던 나에게는 어떤 강단(剛斷) 있는 우국지사가 유신 정권을 이대로 둬도 되겠냐는 힐난(詰難)의 소리 같았다. 등에는 군인들의 "따불 백(Duffel Bag)"같이 생긴 긴 자루를 메고 다녔는데 그 속에 베개 속으로 쓸 재료들이 들어있다고 했다. 즉 "베개 속"사라는 구호였다. 서울번데기 장수는 '뻔뻔'을 외치며 장사를 하고 있었다. 서울의 밤 주전부리는 '찹쌀떡, 메밀묵'이었다. 작은 한반도인데도 골목의 노래가 대구와 서울이 이렇게 달랐다.

먹고살기 위한 장사꾼들의 호객 소리는 아코디언이나 색소폰을 불거나 혹은 노래를 부르는 약장수들의 정통 음악으로부터 그들의 목소리를 악기 삼아 외마디의 단음의 창가(唱歌)를 부르는 사람까지 가지가지였다. 심심풀이 땅콩이나 오징어를 파는 열차가 김천역에 서면 "내 딸 사소, 내 딸"하며 딸기 장수 아낙네의 과일 든 바구니가 창문으로 들어 온다. 기차가 대구역에 도착하면 스피커 소리가 크게 난다. "대구, 대구" 즉 "여기는 대구입니다"라는 말을 거두절미하고 외마디 단음만 외쳐대었다.

47

군악대

그날은 '시민위안의 밤'이었다. 텔레비전은커녕 라디오만 몇 집에 있던 시절 그나마 낮에만 방송하던 그런 때었다. 공회당과 대구역이 같이 쓰는 광장에는 사람들이 발 디딜 틈없이 모여들었다. KBS대구방송국 전속가수 박재란과 대구 출신 가수 도미, 손시향의 실물을 보겠다고 모여들고, 2군 사령부 군악대 연주를 감상하겠다고 모여들고, 장소팔 고춘자의 만담을 듣겠다고 모여든 사람들이었다. 그 때는 극장 쇼도 라디오로 중개를 자주하던 시절이었으니 가수, 군악대, 코메디언이 직접 나오는 시민위안의 밤은 대구 시민들의 가슴을 두근거리게 만드는 큰 행사가 아닐 수가 없었다.

빨리 군악대 연주가 보고 싶었다. 지루한 전반이 끝나고 군악대가 등장하였다. 국방색 버스가 광장에 도착하자 단원들이 차례차례 절도있게 하차하였다. 재빨리 헤쳐모여 무대 아래서 순서를 기다리고 있었다. 군악대라면 단연코 '수자 폰'이다. 거대한 달팽이의 속살을 빼어 놓은 듯한 모양새를 갖춘 악기로 민간인들의 악단에서는 볼 수 없는 악기다. 1854년 미국 워싱턴에서 태어난 수자는 10세 때 바이올린을 배우면서 음악을 시작했다. 16세 때 극장 전속 관현악단의 수석을 지내다가 26세 때 미국 해군 군악대 악장으로 취임한 음악 수재다. 수자가 만든 악기는 군악대에 필수다. 연주 시작전 '스타마치(관악)'가 울려 퍼졌다. 해군 군악대장을 지낸 이교숙이 작곡한 이 노래는 군인들의 행사가 시작되면 임석한 장군에게 경례할 때 연주되는 음악이다. 이 날은 대구시민들 전부를 장군으로 모신다는 의미로 이 음악을 서비스한 것 같았다. "밤빠라 밤빠라 바 빰빠바" 이 소절을 들으면 심장이 뛴다.

2군 사령부 군악대가 처음에는 트럼펫이 앞서 수자 작곡의 '성조기여 영원하라' '위싱턴 포스트 마치'와 '포기대령행진곡' 등의 신나는 행진곡들을 연주했다. 대구시민들의 흥이 달아오르기 시작했다. 이어서 흐느끼는 색소폰 소리와 함께 '비내리는 고모령' '단장의 미아리 고개' '연분홍 치마'가 울려 퍼지자 시민들은 노래를 따라 부르기 시작했다. 지휘자도 아예 객석으로 돌아서서 지휘봉을 흔들었다. 비가 오기 시작했다. 군악대장은 성재희의 '보슬비 오는 거리'를 연주했다. 너와 내가 하나 된 음악회가 우중에 펼쳐지고 있었다. 보슬비는 억수로 변했다. 사람들은 광장을 빠져나가기 시작했다. 군악대는 계속 음악을 연주하고 있었다. 나는 폭우 속에서도 연주를 하는 군인들이 멋있어 보여 더 보고 싶기도 하고 또 보이지 않는 어떤 힘이 나를 잡아 당기고 있어 연주가 끝날 때까지 자리를 뜰 수가 없었다. 이윽고 밤 광장은 훌빈해지고 나는 어느 건물 처마 밑에 홀로 서 있었다.

텅 빈 광장에서 우중(雨中)의 연주는 한참 동안 계속되었다.

원수의 적을 향해 밀어나가자
굳세인 우리 앞엔 가랑잎이다

겨누는 조준속에 몰려드는 적
우리는 무찌른다 추한 가슴들
우리는 보병이다, 국군의 기둥
우리는 보병이다 국국의 자랑
우리는 보병이다, 국군의 자랑

'보병의 노래'가 마지막으로 연주되고 공연은 끝났다. 예의 국방색 버스가 광장 안으로 들어 왔다. 군악대원들이 처음처럼 각을 세워 승차를 했다. 마지막으로 군악대장이 차 입구로 올라가려다 좌향 좌를 하였다. 처마 밑에 있는 소년에게 거수경례를 하였다. 차 떠난 땅바닥에는 도회(都會)의 오색 네온이 물감처럼 풀어져 빗물에 섞여 흐르고 있었다.

48

야간통행금지

　매일 밤 12시 정각 대구 하늘에 사이렌 소리가 울려 퍼진다. 처음에는 낮게 나중에 고음의 큰 소리가 된다. 그 소리가 나면 거리에는 사람이나 말구루마나 자동차 등은 흔적도 없이 사라진다. 다음 날 새벽 4시가 되면 다시 인적이 나타난다. 소리 하나에 모든 게 없어진다. 이것은 커다란 마술이다. 해방 되던 해 9월 7일부터 맥아더 포고령에 의해 전국에 통행금지제도가 시행되었다. 이 제도의 정식명칭은 '야간통행금지'였지만 보통은 '야통' 혹은 '통금'이라고 불렀다. 이 사이렌이 울렸는데도 악다받게 길거리를 다니면 파출소에 잡혀간다. 일정 인원이 모이면 경찰서로 데려가 보호실에 감금시켰다가 아침에 분류를 한다. 통금 시작 후 30분 이내 잡힌 사람은 대개 훈계방면이 되고 그 시간 이후 적발된 사람은 즉결재판소에 가서 재판을 받게 된다.

태평양전쟁이 끝나자 마자 시행된 제도인 탓인지 시민들은 크게 불편한 줄 모르고 지냈다. 12시 넘어 도착하는 버스나 열차 승객은 손목에 '통행증'이라는 도장을 찍어주니 별문제 없이 집에 갈 수가 있었다. 치안이 안정되자 제주도와 울릉도는 1964년, 충청북도는 1965년, 도서지역은 1966년에 통금이 해제되었다. 고속도로와 석탄, 시멘트 등의 산업이나 생필품 트럭 등도 단속을 하지 않았다. 선량한 시민들은 통금에 걸릴까봐 12시가 다가오면 안절부절못하고 조바심을 쳤지만 오입쟁이들은 오히려 이 제도를 역이용했다. "친구 아버지가 죽었다" "과장 할머니가 죽었다"며 초상집에서 밤 샘한다는 핑계도 하루 이틀이지 더 이상 남을 죽일 수 없을 때 잔업하다 통금 때문에 귀가를 못하겠다며 떳떳하게 거짓말하고 외박을 하였다.

통금은 조선시대때 부터 시작한다. 태종 때부터 오후 8시(초경 3점)부터 다음 날 오전 4시 30분(오경 3점)까지 통금을 하였다. 통금 시작을 '인정(人定)'이라 불렀으며 쇠북을 28회 치고, 해금은 '파루(罷漏)'라고 하며 쇠북을 33회 쳤다. 세종 때부터 완화가 되어 오후 9시(이경)부터 익일 오전 3시(오경)까지로 단축을 시켜주었다. 조선시대 통금위반자는 경무소에서 밤을 보내고 다음 날 아침에 초경에 잡힌 사람은 곤장 10대, 이경 이후 단속된 사람은 20대를 맞고 집에 갔다.

크리스마스 이브가 되면 대구의 동성로는 환희와 광란의 거리가 된다. 통금이 없는 밤이기 때문이었다. 예수님 생일과는 별 관계도 없는 젊은이들이지만 행동을 억압하는 규제가 없어지자 자유의 밤공기를 만끽하기 위해 동성로, 향촌동으로 꾸역꾸역 몰려들어 밤새껏 그들의 축제를 즐겼다. 하늘이 만든 천둥 번개는 피뢰침을 만들어 공포에서 벗어난 인간이 스스로 만든 사이렌 소리는 누구도 거역하지 못하고 지시를 따랐다. 해방 후의 혼란과 한국전쟁의 소란이 끝나고 군사독재도 끝나며 밤하늘의 사이렌도 살아졌다. 딱 한군데 예외로 경기도 파주군 군내면 조산리에는 아직 통금이 남아있다.

이 마을은 비무장지대에 위치하는 대성동 마을로 속칭 '자유의 마을'이다. 이곳의 민사, 행정 및 구제 사업은 파주시가 아니고 유엔군 사령부에서 관리를 한다. 국방, 납세의 의무가 면제된 상태로 212명이 살고 있다. 밤의 자유를 억제받는 대신 낮의 자유를 만끽하고 살고 있다. 대성동 마을 사람들이 자유인인가? 마을 밖 사람들이 자유인인가? 야통 사이렌이 사라진 대구의 늦은 밤거리를 걸으며 가져 보는 의문이다.

49

세이렌의 노래

그리스의 도시국가 중 하나였던 이타카 왕 오디세우스는 트로이 전쟁에서는 이겼지만 돌아올 때 죽을 고생을 하고 10년 만에 겨우 귀국한다. 트로이 전쟁은 웃기지도 않는 일로 시작이 된다. 멍청한 스파르타 왕 메넬라오스가 아내 헬레네가 트로이 왕자 파리스와 눈이 맞아 야반도주를 하게 되자 그의 형 아가멤논(미케네의 왕)에게 아내를 찾아 달라고 징징대며 하소연하여 일어난 전쟁이다. 그리스 연합군은 10년 동안 트로이에서 고전을 하다 나무 말을 만들어 성에 침투하는 묘책을 써서 겨우 이기게 되고 집 나간 여자 헬레네도 되찾게 된다. 연합군의 모든 왕들은 종전 후 바로 귀국을 하지만 오디세우스만은 쉽게 돌아오지 못한다.

오디세우스는 귀국 항해 중 바다의 신 포세이돈의 아들인 거인 애꾸눈 폴리페모스에게 잡혔을 때 거인의 한 개 남은 눈을 불에 달군 말뚝으로 찌르고 도망한 사건 때문에 일이 커진다. 그리스 신들 중에서도 상위 계급인 포세이돈 아들의 눈을 완전 봉사로 만들었으니 저주받는 항해가 시작된 것이다. 귀국 도중에 식인 거인족을 만나 그의 병사들이 많이 잡아먹히는가 하면 구사일생 몇 안 남은 군인들은 요정 키르케를 만나 마술에 걸려 돼지가 되기도 한다.

화부단행(禍不單行), 운 나쁘게도 몇 안 되는 오디세우스의 부하들은 세이렌(영어로 사이렌) 자매들이 사는 안테모사 바위 옆에까지 가게 된다. 요정 세이렌들은 강의 신 아켈로스와 무사 여신 멜포메네의 딸들로 페이시노에, 아글라오페, 텔크시에페이아 등이다.

이것들의 모습은 그리스 때는 여인의 얼굴에 새의 몸통과 날개, 다리를 지닌 모습으로 그려지고 로마시대에는 몸과 얼굴은 여인이지만 새의 다리와 날카로운 발톱을 가진 모습이다. 중세시대 후반부터 이 새의 복합체에서 물고기의 꼬리가 합쳐진 인어와 같은 모습으로 묘사된다. 세이렌들은 미모에다 매력적인 목소리로 노래를 불러 항해하는 선원들을 유혹해서 잠들게 한 다음 잡아먹거나 죽이는 잔인한 괴물들이다.

오디세우스는 항해 중에 아이아이라는 섬에서 마녀 키르케를 만나 1년간 동거하고 헤어지는데 떠날 때 마녀가 세이렌의 유혹을 피하는 방법을 알려주었다. 선원들은 귀를 밀랍으로 단단히 틀어막게 하고 오디세우스는 돛대에 손과 발을 밧줄로 묶은 덕에 세이렌들의 유혹을 받고도 다가가지 않아 난파하지 않고 귀국을 하게 된다.

대구는 한국 동해의 배후도시일 뿐인데 여기저기 그리스 지중해의 세이렌의 고혹(蠱惑)적인 노랫소리가 사이렌처럼 울린다. 반반한 거리에는 세이렌의 그림이 그려진 많은 커피집이 있다. 그 가계의 상호도 소설 백경(白鯨)의 선원 이름인 스타벅스인데 본사가 항구 도시 시애틀에 있어선지 모두가 바다와 관계있는 이름들이다.

세이렌이 노래를 부르면 뱃사람들은 그들의 목숨을 바쳤지만 대구 세이렌이 노래를 부르면 시민들은 돈을 갖다 바친다. 깔끔하고 고급스런 이 집에서 비싼 커피를 마시고 있노라면 나도 어쩐지 고뇌에 찬 지성인처럼 멋있어 보이는 것 같아 기분이 좋다. 남자들은 세이렌의 미모와 노래에 혹해 모이고 여자들은 스타벅스의 근육질 매력에 모여든다. 사랑방이 없어진 현대의 메마른 도시에는 바다 내음 나는 항구와 성욕이 진동하는 요정과 오디세우스의 용맹정진의 향기로 가득한 찻집이 있다. 시민들은 리듬 앤 블루스를 들으며 자존(自尊)을 컵에 담아 마신다.

비 내리는 고모령

50

성당의 종소리

신촌서 하숙할 때 일요일, 할 공부는 밀려 있는데 시동은 잘 걸리지 않고 그렇다고 딱히 갈 때도 없다. 돈마저 없으니 아침을 먹고 방바닥에 딩굴거리며 시간을 죽인다. 신앙심이 두터운 주인 가족들은 식모까지 꽃단장을 시켜 모두 교회로 간다. 이 무렵이면 교회의 차임 벨의 찬송가 소리가 요란하다. "내 주를 가까이하게 함은"이 가장 많이 들려 왔고 "내 주는 강한 성이요." "태산을 넘어 험곡에 가도."도 자주 연주되었다. 교회가 가까이 있어 소리가 너무 컸다. 그러나 성스러운 소리라고 참고 들었다. 내 어릴 때 교회에서는 종을 쳤는데 세월이 가며 차임 벨로 변했다.

인간은 왜 종소리를 의식에 쓰는 걸까? 무당이 굿하며 칼춤을 출 때도 요령을 흔든다. 교회에서는 종각까지 만들어 놓고 종지기가 새벽마다 종을 쳤다. 성당서도 미사(Mass) 때, 축성(祝聖)할 때 작은 종을 흔든다. 절에서도 예불하기 전에 사물(四物)을 울리는데 가장 먼저 종을 친다. 신앙인들은 그들의 교주의 취향이 쇳소리를 좋아한다고 생각해선지 아니면 그들의 타도대상인 악마가 싫어하는 소리가 종소리라고 생각해선지 종교의식에선 동서고금 모두 종을 쓴다.

요즘도 동화사에서는 새벽 예불 때 범종(梵鐘)을 친다. 그 소리는 팔공산에서 시내로 내려와 지상과 지옥의 모든 우매한 중생들을 매일 제도(濟度)한다. 그러나 제일교회, 계산성당의 새벽 종소리는 들리지 않는다. 종소리가 차임 벨로 변한 뒤 스피커에서 나오는 그 소리가 주민들이 소음이라고 듣고 일어나자 한성질 하는 교회들은 아예 종각을 치워버렸다. 이제는 시골 교회에나 가야 조그마한 종각이 남아 있는 곳이 있어 보는 이의 가슴을 찡하게 한다. 어릴 때 만들어진 기억은 죽을 때까지 변하지 않고 지속이 된다. 가족불화의 집안에서 자란 사람은 어릴 때 만들어진 분노와 적개심이 어른이 되어도 그 부정적인 에너지는 남아있다. 그 감정이 평생 무의식 속에서 요동을 치며 사회의 제도나 인간에게 투사된다. 나는 교회에는 다니지 않지만 어릴 때 각인(刻印)된 종소리에 대한 아련한 추억은 아직도 변치 않고 내 가슴에 남아 그 종교의 신자는 아니라도 우호적인 감정은 지속되고 있다.

동인동 우리 집 부근에는 성공회(聖公會) 성당이 있었는데 새벽이면 종을 쳤다. 어쩌다 악몽에 시달리다 깨거나, 낮에는 들리지 않던 벽 상의 괘종(掛鐘)시계소리가 유난히 크게 들려 두렵던 새벽이면 때맞춰 들리던 성당의 종소리는 하나님의 다정한 위안의 목소리이고 따뜻한 손길이었다. 동문시장 옆에 있던 성공회 성당은 낯선 모습으로 변해 아직도 그 자리에 남아 있다. 다시 가 본 그 동네는 동문시장도 없어지고 성당의 종각도 없었다.

없어진 종소리가 그리울 때면 가끔 왜관 가실 성당을 찾는다. 그곳에서

빌딩의 그림자 황혼이 짙어갈때
성스럽게 들려오는 성당의 종소리
걸어오는 발자욱마다 눈물고인 내 청춘
한 많은 과거사를 뉘우쳐 울적에
아! 산타마리아의 종이 울린다
－미사의 종(작사·작곡 전오승, 노래 나애심)－

를 흥얼거리며 없어져 버린 고향의 한 조각 퍼즐을 찾아본다. 외로운 대
학생에게 은총(恩寵)이 종소리 되어 다가 온 하나님의 목소리, 새벽 두려움
에 떨던 소년을 감싸주던 그 임의 따사롭던 손길은 다시 들을 수 없는 흘러
간 꿈속의 메아리인가!

51

안마사의 피리소리

초(楚)나라 항우와 한(漢)나라 유방이 천하를 두고 다투던 때, 항우에게 운명의 날이 다가오고 있었다. 아끼던 장수 범증 마저 떠나 버리고 결국 유방에게 쫓겨 동쪽으로 도망가던 도중 해하(垓下)에서 한나라의 명장 한신에게 포위당하고 말았다. 그러던 어느 날 밤, 사방에서 초나라 음악이 들려왔다(사면초가, 四面楚歌). 사기가 죽은 초나라 병사들로 하여금 고향을 그리게 하는 구슬픈 노래와 피리소리였다. 한나라가 심리전으로 항복한 초나라 병사들에게 고향 음악을 연주하게 한 것이다. 항우는 깜짝 놀라면서 "한나라가 이미 초나라를 빼앗았단 말인가? 어찌 초나라 사람이 저렇게 많은고?" 하고 탄식했다. 항우는 800기의 잔병을 이끌고 오강(烏江)까지 도망갔다가 결국 건너지 못하고 그곳에서 자결하고 마니 그의 나이 31세였다 한다.

비 오면 하루 벌이로
한 끼를 때운다는 장님 안마사가 젖은 지폐를 헤아릴 때
누군가 지붕에 올라 깨진 피리를 불고 있었다
(고정국, 밤에 우는 것들에 대하여)

구멍이 8개뿐인 피리는 인간의 마음에 80개의 구멍을 뚫는다. 누구는 죽게 만들고 누구는 웃고 누구는 울게 만든다. 우리 동네에 밤마다 피리를 불며 나타나는 시각장애 안마사가 있었다. 그는 매일 밤 신천동 판잣집을 나와 동신교를 건너 시내로 돈벌이하러 온다고 했다. 동인국민학교, 2군사령부를 지나 동인동, 삼덕동 부자촌에 오면 손님이 있다. 때로는 중앙통을 건너 향촌동에 가면 술꾼들이나 술집 여급들이 그의 손님이 되기도 한다.

밤에 시각장애인이 길을 다니는 걸 보면 조마조마하다. 게다가 검은 안경까지 끼고 다니니 남의 조바심은 더해진다. 맑은 겨울 별 밤하늘을 맴도는 피리소리는 남의 애간장을 다 태운다. 차라리 이탈리아 시각장애인처럼 고양이 가죽으로 만든 북이나 치고 다녔으면 마음이 편했을 것을…. 조선시대에는 궁중에서 음악을 연주하는 악사인 '관현맹'과 나라를 위해 기도드리는 스님인 '맹승 제도'가 있었다. 스페인에서도 복권판매의 전매권을 시각장애인 단체에 주었고 일제 강점기 때도 안마는 의료법으로 시각장애인에게만 자격을 주었다. 복지는 힘든 이에게 더 많이 돌아가야 되는데 우리는 융통성 없는 헌법재판소 판사가 안마사 자격증을 시각장애인에게만 허용하는 것은 위헌이란 판결을 내려 장애인 안마사가 자신의 아파트에서 투신자살하게 하였다.

고향 압혜 버드나무 올봄도 푸르련만
호들기를 꺽거 불든 그 때는 옛날

-타향(1934년 고복수)-

피리는 대나무로 만드는데 향피리, 당피리 그리고 세피리로 나눈다. 그 값이 비싸 어린애들이나 머슴들은 풀잎으로 피리소리를 내기도 하고 버드나무 껍질로 호드기를 만들어 불었다. 달성군청이 대구백화점 부근에 있을 때 큰 버드나무도 옆에 있었다. 시내에 사는 아이들은 그 버드나무 물오를 때 가지를 꺾어 버들피리를 만들었다. 가지를 손으로 부드럽게 여러 번 비틀어 껍질이 몸통에서 떨어지게 만든 다음 빼어낸다. 원통으로 빠진 껍질의 한 쪽을 작은칼로 겉껍질을 긁어 낸 다음 양쪽 끝을 깡총하게 다듬으면 호드기가 된다. 대구의 밤, 시각장애인의 피리소리는 없어졌다. 봄 호드기 소리도 없어졌다. 대구에서 태어나 신천에서 "진달래 먹고 물장구치던" 이용복이 안마사가 되지 않고 한국의 레이 찰스라는 소리를 듣는 대가수가 되었다는 사실로 살아진 밤가객들의 아쉬운 추억을 다독여 본다.

52

엿장수 가위소리

　원래 과자는 달아야 제격인데 요즘 과자는 달지 않는 게 고급이다. 설탕 많이 들어간 음식은 몸에 해롭다고 생각해서다. 설탕도 흰 것은 인기가 없다. 누런 설탕이 좋다고 한다. 사실은 누런 설탕이 흰 설탕보다 더 문제가 된다. 누런 설탕은 흰 설탕에 추가 물을 더해서 만든 것이기 때문이다. 6, 70년대까지 설탕은 고급 음식 재료였다. 남의 집 찾아 갈 때 선물로 갖고 갔다. 더 옛날에는 설탕도 없어 엿이 우리의 단맛을 달래주고 있었다. 해방이 되고 한 동안 대구의 주전부리는 단연코 엿이었다. 목에 엿판을 걸고 팔러 다니는 행상도 있었지만 대량으로 파는 사람들은 리어카에 엿판을 싣고 다녔다. 대개는 가락 엿을 팔았지만 덩어리 엿을 통째로 싣고 나와 쇠주걱으로 잘라주는데 망치로는 엿가위를 썼다. 간혹 검은 갱엿을 갖고 나와 대패로 긁어서 팔기도 했다.

크림이나 간장 장수는 북을 쳐서 관객을 모았지만 엿장수들은 엿 자르는 엿가위를 철썩이며 노래를 불렀다.

강원도 금강산
일만하고도 이 천봉
달(돌) 많아 구암자
십 구세야 나는 우리 딸이 만들어준
울릉도라 호박
둥기둥기 찹쌀엿
떡 벌어졌구나 나발엿
허리가 잘 쑥 장구 엿
올곳볼곳 대추 엿
네모야 반듯 수침 엿
어어 떡 벌어졌다 나발엿
이것저것 떨어진 것
운동화 백 켤레 밑 떨어진 것도 좋고
신랑 각시 첫날밤에
오줌 누다가 요강 빵꾸난 것도 쓴다
에헤 좋구 좋다
－엿단쇠소리－

엿장수 가위 역사는 그렇게 오래된 것 같지가 않다. 단원 김홍도의 그림에서 '씨름'이란 그림에 엿장수가 나온다. 목에 엿판을 건 소년인데 손에는 가위가 들려있지 않다. 단원이 1745년생인데 그때까지는 엿가위가 호객행위에 쓰이지 않았다는 것을 알 수가 있다.

한국전쟁 때 대구는 유엔군이 주둔하던 곳이라 못 살던 때라도 설탕이 든 주전부리감은 많았다. 껌이며 초콜릿, 비스킷과 사탕 등 단 음식이 있었다. 하지만 엿처럼 자주 먹을 수는 없었다. 애들은 엿장수 가위소리를 학수고대를 했다. 엿을 돈 주고 사 먹은 애들은 없고 찌그러진 냄비나 깨어진 술병, 떨어진 고무신 등 고물이 거래의 수단이 되었다. 어떤 어리숙한 애는 엿장수가 고물만 받는 줄 알고 일부러 새 냄비를 찌그려 뜨려 엿 바꾸러 갔다가 엿장수한테 혼나고 엄마한테 또 한 번 된통 혼나기도 했다.

대구의 엿장수들은 가위를 엿 파는 도구로만 쓰고 있을 때 충북 청주시의 윤팔도는 이미 그 가위를 쇼 하는데 써먹고 있었다. 60년 말부터 70년대 쯤에 그는 쌍가위 장단으로 전국엿가위경연대회에서 최우수상을 타며 유명해져 C.F도 찍고 종로의 술집 밤무대까지 진출하는 기염을 토했다. 2017년 그는 작고해도 엿도가는 년 매출 10억을 올리는 큰 회사가 되고 음대 출신인 그의 아들 윤일권은 재래시장을 다니며 엿가위를 치고 있다. 요즘은 손자 윤경식도 시장에서 아버지를 따라 다닌다고 한다.

일본에 '시니세(老鋪, 노포)'라는 말이 있다. 짧게는 100년 길게는 천 년 이상을 넘긴 가게를 말한다. 우리나라의 노포는 겨우 동화약품과 두산그룹뿐이다. 중국에서는 동인당(퉁런탕)이 가장 유명하다. 일본 노포의 수는 200년 넘는 것만 약 3천 100여개가 된다. 그중 가장 오래된 가게는 일본 야마나시현의 '게이운칸' 여관으로 1300년을 넘기고 있다(705년에 설립). 우리나라 윤 씨네 엿 공장이 이제 삼대째로 노포가 되어가고 있다. 대구의 엿가위 소리는 고속도로 휴게소에서 품바와 함께 겨우 명맥을 잇고 있다.

53

리비아 대첩(大捷)

70년대 말 이상민 군은 리비아에서 나(이승환)와 같이 근무한 적이 있었다. 당시 리비아는 북한과 대사급 수교국이었고 한국은 막 영사급 수교를 틀 무렵이었다. 빨갱이에게 대항하기 위해 중앙정보부에서 아랍어가 가장 능통하고 문무겸비한 007 상민 군을 리비아에 파견했다. 어느 날 북한 박성철 외교관을 태운 비행기 문제로 리비아 공항에서 북한 군관 동무들과 상민 그리고 내가 크게 말 싸움이 붙은 적이 있다. 나는 존댓말로 놈들에게 대들었지만 상민이는 용감하게 이 새끼, 저 새끼하며 주먹을 휘두르며 싸웠다.

사건의 전말은 1979년 대한항공 화물기가 리비아로 삼성 제품을 싣고 왔는데 도중에 이스라엘을 경유한 사실이 드러났다. 화가 난 리비아 당국이 대한항공 비행기 체포령을 내렸는데 어벙한 리비아 공항 직원들이 조선민항으로 리비아에 국빈 방문한 북한의 박성철이 탄 비행기도 같이 억류를 한 것이다. 북쪽 군관 동무들은 삼성 놈들 때문에 이 꼴이 되었다고 십수 명이 남조선 놈들 특히 삼성 새끼들 죽인다고 외치며 몰려다녔다. 이러던 중 이상민과 나는 북한 인간들과 맞닥뜨리게 된 것이다. 약 한 시간가량 서로 말로 죽일 놈, 살릴 놈하고 싸우고 더 이상할 말이 없을 때 헤어졌다.

놈들과 싸울 때 나는 겁이 나서 속으로 달달 떨면서 비겁하게 "아니 말로 하지 왜 이러세요?"하고 점잖게 싸우는 시늉을 했다. 그러나 상민이는 찢어진 눈을 희번덕거리며 주먹을 휘두르며 대들었다. "야, 야 너거들 왜 반말 지꺼리야? 이 새끼들 그냥 확…"하며 태권도 자세를 보였다. 과연 김현희를 잡아 온 G-MAN다운 모습이었다. 싸움을 마치고 돌아올 때 나는 겉으로는 상민아 고맙다 수고했다라고 말은 했지만 속으로 "상민이 형 존경합니다." 라고 아뢰고 있었다.

P.S
1.이상은 70년대 말 리비아에서 두 사람의 경북고등 출신이 북한 군관들과 싸운 이야기를 이승환의 빛바랜 수첩에서 인용한 것임.

2. 이상민의 후일담 : 사실은 대한항공이 이스라엘을 경유하지 않고 리비아로 갔는데 그런 사단이 일어났다. 비행기가 일본을 거쳐 갔는데 일본에서 짐을 쌀 때 이스라엘이라고 쓰인 포장물을 쓴 바람에 그런 오해가 생겼다는 것이다. 그날 왜 이북 놈들이 길길이 날뛰었냐면 박성철이 탄 비행기에는 그놈들 노동자 300명이 타고 있어 군관들이 더 쪽이 팔려 그랬다는 것이다.

그런 개쇼 뒤 북괴들은 이북으로 갔는데 이번에는 대한항공 비행기가 귀국하려는데 또 못 가게 했다는 것이다. 상민이가 따지고 드니까 멍청한 리비아 놈들은 방금 한국 비행기가 출국했는데 또 무슨 비행기가 간단 말인가?하고 큰소리를 쳤다고 한다. 이상민이 찢어진 눈을 하고 "이 병신 새끼야, 그 비행기는 북한 놈들 것이고 이번에 가려는 거는 남한 거란 말이다."

라고 또 태권도 단군형 자세를 취하자 그제야 멋쩍어진 리비아 관제탑 놈들이 미안하다고 사과했다고 한다.

빨리 이북이라는 혹덩이 제거해야 삼천리는 禽獸江山에서 진정한 錦繡江山이 될 것이다.

54

메리 크리스마스

해방 다음 해 10월 1일 대구에 폭동 사건이 일어났다. 대부분 공산당원인 폭도들이 공무원들이 쌀을 다 먹는 바람에 시민들이 굶어 죽게 되었다며 난동을 일으켰다. 재물을 부수고 사람을 몽둥이로 때려죽이고 칼로 도려내는 피의 난동은 대구 시내에서 시작되어 경북도로 이윽고 남쪽 지방 전역으로 번져나갔다. 남로당의 적화 혁명 시도는 이렇게 시작되었고 6.25사변으로 이어지게 된다. 힘없는 시민들은 죽음의 수용소에서 희망 없는 나날을 보내게 되었다. 그러나 고통의 동토(凍土)에 위안의 날이 생겼으니 크리스마스다. 해방 후 미국 군정 때 크리스마스가 휴일로 정해지고 1948년 이승만 대통령은 12월 25일을 '기독탄생일'이라는 이름으로 정식 법정 공휴일로 지정한다. 일반인들은 이 날을 '성탄절'이나 '크리스마스'로 부르고 선물용 카드 같은 데서는 ΧΡΙΣΤΟΣ(그리스 말로 크리스토스)

의 준말인 X-mas라고 많이 쓴다. 그리스도(Christ)의 미사(Mass)라는 뜻이다.

천주교에서는 '주님 성탄 대축일'이라고 쓴다. 예수님이 12월 25일 이 땅에 오셨다는 말은 근거 없는 소리다. 성경에도 없고 어디에도 그런 말은 없다. 아무도 예수님이 태어난 날을 모른다. 봄의 어떤 날이라는 말도 있고 1월 7일(유럽 성공회)이라고 하는 곳도 있다. 날짜가 지금처럼 정해진 내력은 초대 교회 때 그리스도인들 사이에서 메시아 잉태한 날과 사망일이 같다는 것을 바탕으로 예수께서 십자가에 못 박혀 돌아가신 3월 25일에 임신 기간 9개월을 더해서 12월 25일이 생일날로 정해지게 되었다는 것이 정설이다.

우리는 학자들이 아니므로 예수님이 언제 탄생했는지는 크게 관심이 없다. 다만 훌륭한 어른이 이 땅에 오셨다는 사실이 기쁘고 행복할 따름이다. 한반도의 민초(民草)가 해방, 전쟁 등 혼란과 고통의 바닷속에서 허우적거릴 때 크리스마스는 가뭄의 단비였다. 이날은 신성한 성인의 생일인데다가 통행금지가 없는 자유의 밤까지 주어지니 예수교 신자이든 아니든 온 국민에게 이날은 축제의 날이 되는 것이다. 큰 잔치에는 불청객이 자주 끼어들 듯 난데없이 산타클로스가 사슴타고 나타나 선물을 뿌리니 축제가 더욱 풍성해진다. 이 양반은 예수 탄생과는 아무 관계도 없는 터키 지역 대주교로 '성 니콜라우스'라고 불리던 사람이다. 성 니콜라우스는 네덜란드어로 '신테르클라스'라고 하는데 이게 오늘 날의 산타클로스의 어원이 된다.

이렇게 루돌프 사슴 타고 오는 복덩이 영감과 미국 군인들이 교회나 자선단체를 통해 먹을 것, 입을 것, 놀 것 등을 제공하니까 크리스마스는 풍성하고 즐거운 날, 희망의 날이 되는 것이었다. 크리스마스 무렵에 동성로, 향촌동에는 캐럴이 요란하고 청춘 남녀의 흐름이 홍수처럼 넘쳐흘렀다. 동네마다 있던 전파사에서는 11월부터 크리스마스 캐럴을 틀기 시작해서 1월 말까지 굉음(轟音)을 질러대었다. 나라의 곳간이 차게 되자 외국인들이 주던 과자, 옷가지, 장난감 등의 구제품이 시시하게 느껴지기 시작했고 그들도 더 이상 주지 않았다. 통행금지도 전면 폐지되었다. 1975년 1월 15일 용태영 변호사의 분투로 석가탄신일이 법정공휴일로 정해지면서 크리스마스의 희소성을 희석시켰다. 연말만 되면 그렇게 오랫동안 골목을 떠들썩하게 하던 소음성 캐럴이 없어졌다. 젊은이들의 올나이트도 없어지고 동성로의 뿔피리도 없어졌다. 사는 게 각박해서 마음이 허전한 날엔 루돌프 탄 산타가 보이고 귀에는 화이트 크리스마스를 부르는 빙 크로스비의 달콤한 목소리가 들려 잊힌 그 환각이 그나마 구겨진 희망을 잠시나마 되살려 줄 뿐이다.

55

꼬마야 꼬마야

고무줄놀이를 우리 고유의 민속놀이인 줄 아는 사람들도 있다. 하긴 1895년 '스튜어트 컬린'이 쓴 '한국의 놀이'라는 책에 한국의 '줄넘기'와 '줄 뛰어넘기'가 소개되어 있으니 그런 소리가 나올 만도 하다. 그러나 일본, 인도, 동남아 그리고 중국 연변에 가도 여자애들이 이런 놀이를 한다. 동남아시아인의 같은 집단 무의식도 있으니 놀이도 공통되는 것이 있기 마련이다. 사진이나 그림을 보면 우리나라는 고무줄놀이가 조선시대는 칡넝쿨이나 새끼줄을 이용하였을 것으로 짐작이 된다. 1919년 서울에 대륙 고무공장이 생겨 고무신을 만들기 시작하면서 고무줄도 생산하게 되었으니 고무줄놀이도 그무렵부터 시작했다고 보면 되겠다.

아침 조회 때마다 운동장에는 쫓고 쫓기는 무리가 있고 울고 웃는 애들이 있었다. 여학생들의 고무줄놀이용 고무줄을 잘라 도망가는 개구쟁이 남자

애들과 또 이를 잡으러 다니는 '선도' 혹은 '지도당번'이 있었고 고무줄 잘린 여자애들은 울고 고무줄 잘라 도망가는 남자애들은 웃는다. 일제 강점기부터 남자애들은 구슬치기, 깡통 차기, 말타기, 소타기를 주로 하고 여자애들은 고무줄놀이를 많이 하였다. 남자애들은 고무줄이 아무 필요도 없으면서 잘랐다.

고대 스파르타인들은 20세 되면 활과 검, 창과 방패를 갖고 반나체로 산야에 던져져 혼자 7일을 살아남아야 했다. 이 시기에 야생 동물을 사냥해서 먹고 살거나 아니면 최 천민 계급인 헬롯들의 음식을 훔쳐 먹고 살아야 했다. 기숙사 돌아가기 7일 전 마지막 임무는 헬롯을 죽이고 머리를 잘라 들고 돌아가야 비로소 성인으로 인정을 받는 풍습이 있었다. 한국의 헬롯은 여자애들이요, 고무줄은 그들의 머리통이었던 것 같아 쓴웃음이 난다.

고무줄놀이는 한 줄, 두 줄 또는 세 줄로 서서 했는데 주로 네 명이 두 편으로 나누어 게임을 했다. 가위바위보를 해서 이기면 진 편이 고무줄을 잡고 이긴 편이 정해진 노래를 부르며 율동을 한다. 줄이 처음에는 발목 높이에서 종아리로 올라가 나중에는 머리까지 올라가고 최고로 머리 위 한 뼘까지 간다. 이 높이에서 다리가 닿지 않는 애들은 물구나무서서 발로 고무줄을 잡아 내린다. 대구에서 주로 부른 고무줄놀이의 노래는 일제 강점기는 미국 남북전쟁 때 북군이 부른 '공화국 찬가'를 일본에서 편곡한 '봉축가'를 많이 불렀다.

금빛으로 빛나는 일본, 영광의 빛을 온몸에 받아서… 운운, 광복이 되자 해방가와 독립군가 등을 많이 불렀다. 한국전 이후에는 반공 노래, 동요가 유행하다가 텔레비전이 등장하고부터는 광고 노래, 만화 주제가들이 많이 불렀다.

꼬마야 꼬마야 뒤를 돌아라

꼬마야 꼬마야 땅을 짚어라

꼬마야 꼬마야 인사를 하여라

꼬마야 꼬마야 잘 가거라

　

대구뿐만 아니라 딴 지방 고무줄 놀이에서도 최고로 많이 불리던 노래다. 꼬마는 누구일까?

　

곰돌아 곰돌아 뒤를 돌아라

곰돌아 곰돌아 땅을 짚어라

곰돌아 곰돌아 한 발을 들어라

곰돌아 곰돌아 만세를 불러라

곰돌아 곰돌아 인사를 하여라

곰돌아 곰돌아 업고 돌아 곰돌아 괜찮네

곰돌아 곰돌아 잘 가거라

　

이는 일본 고무줄놀이 노래다. 곰돌이의 곰은 일본어로는 구마다. 꼬마의 어원이 짐작이 간다.

　

전우의 시체를 넘고 넘어 앞으로 앞으로

낙동강아 잘 있거라 우리는 전진 한다

원한이야 피에 맺힌 적군을 무찌르고서

화랑담배 연기 속에 사라진 전우야

　

라는 고무줄 노래도 애창곡이었다. 뜻을 모르는 계집애들은 놀이하며 신나게 이 노래를 불렀다.

56

국민체조오 시이작

1961년 5월 16일 2군 부사령관 박정희 소장이 군사정변을 일으켰다. 군사정부는 "우리도 한 번 잘 살아보자"는 구호를 외쳤다. 근검절약부터 하자며 시범을 보인다고 그해 10월부터 공무원들을 각가지 간소복을 입게 했다. 어떤 곳은 모택동, 김일성이 입던 국민복과 흡사한 모양에다 회색으로 염색된 옷도 입고 어떤 직장에는 골덴 감으로 옷을 만들어 입기도 했다. 쌀을 아낀다고 돌솥밥을 못 먹게 했다. 도시락은 반드시 혼식을 싸게 하고 학교와 관공서의 휴식시간에 소위 '재건 체조' 혹은 '신세기 체조'라고도 하는 체조를 했다. 학생들은 수업 두 시간 마치면 운동장에 나가 체조를 했다. 간소복 입은 교사들도 운동장에 같이 나오기는 해도 대개는 어정어정 돌아다니거나 이야기를 하며 시간을 때우고 몇몇만 체조를 했다.

체조는 덴마크, 스웨덴에서 창안되고 독일로 들어와 발전된 운동이다.

일본은 1869년 메이지 유신이 시작되면서 유럽의 체조가 수입되었다. 우리나라도 일제시대부터 체조를 하기 시작해 해방 후에도 계속 이어졌다. 1953년 12월 30일 서울 시공관에서 김영일의 지도로 체조 발표회가 있은 뒤 KBS 라디오에서 체조 음악이 매일 방송 되었다. 그 후 1968년 경희대 유근림 교수가 '신세기 체조'를 새로 발표하였으나 딱딱하고 재미가 없어 대중화에 실패한다. 1970년부터는 정부 주도로 '국민체조' 혹은 '국민보건체조'라는 이름으로 체조하기가 강조되었고 1977년부터 본격적으로 정부가 앞장서서 전국에 보급하기 시작했다.

박정희 대통령의 강력한 지시로 공공기관은 매일 전국적으로 국민체조를 했다. 대구도 예외 없이 모든 관공서나 학교에서 체조를 하였는데 시작 음악이 나오기 전에 "국민체조오―시이작"하는 우렁찬 구령 소리가 먼저 나온다. 이 멋있는 목소리의 주인공은 키가 163cm의 단신으로 체조선수 출신인 경희대 체육학과 유근림 교수였다. 매일 전국 모든 곳 체조시간에 유 교수의 목소리는 우렁차게 울려 퍼졌다. 목소리 좋다고 칭찬하노라면 "원래 목소리는 좋지 않는데 녹음이 잘 돼서 그렇다."며 겸손의 미소를 지었다고 한다. 구령 후 체조 동작에 맞추어 나오던 배경 음악은 40대 중년을 넘어선 사람들에게는 잊을 수 없는 추억의 '흘러간 명곡'으로 기억될 것이다. 배경 음악은 경희대 음대 김희조 교수가 작곡했다.

국민체조가 운동 효과는 있는 것일까? 많은 사람들이 의문을 갖고 있다. 전북대 고영호 교수는 "시대가 변했다고 사람의 신체구조가 달라지는 것은 아니다. 근육 이완, 관절의 가동범위를 넓히는 준비운동으로서는 충분히 효과적이다."라고 말한다. 그러나 유산소 운동으로서는 동작이 부족하다는 게 학자들의 일반적 견해다. 이런 단점을 보충하기 위해 1999년 국민체육진흥공단이 개발한 '새천년건강체조'가 국악 선율에다 태권도, 탈춤을 응용한 체조를 만들어 에어로빅 수준으로 강도를 올렸다. 하지만 가르치는 사람도 순서를 기억하기 힘든 어려운 체조가 되어 흐지부지되고 말았다.

2015년 박근혜 정부가 '늘품체조'를 선보였다. 말의 뜻은 '품격이 늘어난다'는 말인데 체조를 하면 근육이 늘어나지 왜 품격이 늘어나는지 알 수 없다. 동네마다 체육관이 있는 요즘 단체 체조는 더이상 국민보건에 이바지하는 운동이 되지 못한다. 매스 게임이나 단체 체조는 옛날 독일이나 요즘 북한에서 쇼를 하기 위한 하나의 이벤트에 지나지 않는다. 차은택 감독이 배윤정 단장에게 늘품체조를 의뢰했고 배윤정은 정아름과 함께 체조 동작을 개발했다. 왜 박근혜 대통령이 이런 시대착오적 발상을 했는지 이해가 되지 않는다. 국민보건체조를 장려한 박정희 대통령은 비명에 가고 늘품체조를 창안한 박근혜 대통령은 감옥에 있다. 일구월심(日久月深) 국민들 건강 증진에 애쓰던 대구경북 출신 대통령 부녀의 불운한 말년에 가슴 아프다.

57

기적소리

칠성동 꽃시장에 굴다리가 생기기 전에는 '후미끼리(踏切−철로 건널목의 일어)'를 건너 칠성시장 장 보러 다녔다. 이 철길은 여름밤에는 바람 쐬러 동네 사람들이 놀러 나오는 곳이다. 개 중에는 철로를 베고 자는 사람도 있었고 애들은 운동장처럼 뛰어놀았다. 낮에는 철로에 귀를 대고 있다고 기차오는 소리가 울리면 대못을 철로 위에 두고 기차 오기를 기다리는 애들도 있었다. 기차가 지나가고 나면 못은 납작하게 모양이 변해있다.

남자애들은 못을 지남철 만든다고 이런 모험을 하지만 또 다른 목적은 이 정도 간 큰 행동을 해야 동네 애들 앞에 뻐기고 다닐 수가 있었기 때문이다. 이 모험은 신성극장 앞에 있는 경부선 '푸른 다리 위'에서도 성행하였다. 기차 오는 소리를 잘못 계산하면 못을 두고 나오기도 전에 저승으로 갈 수가 있고 못의 위치를 잘못 놓으면 튕겨 나와 큰 부상을 당하기도 한다.

철로 건널목은 간수와 차단기가 있어 기차가 오면 차와 사람을 못 가게 막는다. 하지만 차단기 밑으로 기어서 넘어가기도 하고 어떤 때는 차단기가 고장이 나서 내려오지도 않는다. 무단횡단하는 이, 못을 놓고 기다리는 애, 술 마시고 철로를 베개 삼아 베고 자는 주정뱅이를 보면 기관사는 목쉰 듯한 기적소리를 길게 여러 번 크게 울린다.

> 기차 길 옆 오막살이 아기아기 잘도 잔다
> 칙 폭 칙칙폭폭 칙칙폭폭 칙칙폭폭
> 기차소리 요란해도 아기아기 잘도 잔다
> 기차 길 옆 옥수수 밭 옥수수는 잘도 큰다
> 칙 폭 칙칙폭폭 칙칙폭폭
> -기찻길 옆(작곡 윤극영, 작사 윤석중)-

이 노래 가사는 문학적인 내용이지 현실적이 이야기가 아니라고 생각했다. 시끄러운 기차소리에 어떻게 갓난애가 잘 잘 수 있단 말인가?

대학 다닐 때 서울 이문동 하숙집이 철로 바로 옆에 있었다. 기차가 지나갈 때는 집이 흔들흔들했다. 처음에는 집 무너질까 두려웠다. 기적소리 요란하고 월남전이 한참일 때는 군가소리 등천했다.

> 자유통일 위해서 조국을 지키시다
> 조국의 이름으로 임들은 뽑혔으니
> 그 이름 맹호부대 맹호부대 용사들아
> 가시는 곳 월남 땅 하늘은 멀더라도
> 한결 같은 겨레마음 님의 뒤를 따르리다
> 한결 같은 겨레마음 님의 뒤를 따르리다

'신탄리'에서 '청량리'가는 군용열차에서 파월 맹호 부대 장병의 군가소리 요란했다. 그래도 잠만 잘 잤다.

1814년 영국에서 G. 스티븐슨이 증기기관차를 발명하고 1825년에 로커모션호가 최초로 실용화되었다. 한국에서는 1899년 서울-인천을 오가는 모걸형 탱크기관차가 최초의 상업용 기차로 등장한다.

대구는 1904년 대구역사가 세워지며 본격적인 기차운행이 시작된다. 1945년 9월 29일 대구역 구내에서 열차끼리 충돌하는 대참사가 일어났다. 73명이 죽고 120여 명이 부상을 입는다. 나라가 못 살 때는 철도 주변은 담이 없었다. 철로를 건너다 죽고, 놀다가 치여죽고, 여름밤 바람 쐬러 나왔다가도 비명횡사했다. 가끔은 스스로 뛰어들어 죽기도 했다.

증기기관차의 기적소리는 늘 애조를 띤다. 야간열차가 토하는 경적소리는 슬프다. 특히 비 오는 밤에 들리는 그 소리는 무서웠다. 철로 주변에서 황천 행한 객귀(客鬼)들의 울음소리 같았기 때문이다. 세월이 흐르자 철로 연변에는 담장이 둘러지고 소음벽도 세웠다. 1967년에는 증기기관차 운행도 중단했다. 열차 머리에 '미카' '파시'라고 써 다니던 열차는 더이상 볼 수 없게 되었다. 망자의 목쉰 울음 같던 기적도 들리지 않게 되었다. 또 하나의 대구소리가 없어졌다.

58

다듬이 방망이소리

해방 뒤 한동안 야경꾼들이 밤 중에 대구 시내 주택가를 순찰 다녔다. 그러나 야경꾼이 도둑을 잡았다는 소리는 들어본 적이 없다. 이 사람들은 나무 막대기 두 개를 딱딱 소리 나게 두드리며 다녔으니 도둑이 잡힐 리가 없다. 도둑 예방이 목적이었으니 그럴 수밖에 없다. 불면에 시달리는 사람들이나 도둑이 무서운 집들은 밤 중의 딱딱이 소리는 반갑고 정다운 소리가 아닐 수 없었다. 당시에 도둑들이 훔치는 것은 기껏해야 댓돌에 벗어둔 신발이나 줄에 널어 논 빨래. 부엌의 냄비나 식기, 장롱 속의 옷가지나 금반지 등으로 요즘 보면 돈도 되지 않는 것들이 대부분인데 뭘 그렇게까지 방범에 신경 썼는지 모르겠다. 이제 야경꾼들은 없어졌다. 요즘은 고관대작이나 갑부들 집에 가면 물방울 다이아, 금 괘, 달러 등 훔칠 것이야 많겠지만 간 혹은 그들 자신이 도둑인 경우도 있으니 야경꾼이 누굴 지켜야 될 지 모르는 탓에 그런 직업이 없어진 것이 아닌지 모르겠다.

　야경꾼 소리는 한밤중 밖에서 들리는 소리였지만 초저녁에 집에서 밖으로 울리는 소리도 있었다. 다듬이 방망이 소리다. 옛 어른들이 세 가지 기쁜 소리는 '어린애 우는 소리' '책 읽는 소리' 그리고 '다듬이 소리'라고 했다. 요즘은 세탁기에 빨래를 넣고는 바로 끄집어내어 입는 시대가 되었다. 빨래 기술도 좋아지고 옷감도 좋아지니 풀 먹이고 다듬질할 겨를이 없다. '빙허각 이씨'가 가정 살림에 관한 내용을 쓴 '규합총서(1809년)'에 '도침법'이 나온다. 비단은 대왕 풀을 먹이고 무명과 모시는 오미자 물에 풀을 풀어 섞어 먹어야 되며 명주는 달걀흰자를 녹말풀에 섞어 쓰라고 나온다. 이렇게 풀을 먹이는 것을 '푸새' 또는 '푸답'이라고 하는데 풀은 주로 쌀풀이나 밀가루 풀을 썼다. 쌀이 귀해 감자 풀이나 피쌀 풀을 쓰기도 했다.

　다듬잇돌은 화강석, 남석 같은 단단한 돌을 주로 썼고 방망이는 박달나무나 느티나무 같은 야문 나무로 만들었다. 다듬이질은 옷감의 구김살을 펴고 부드럽게 하기 위한 방법인데 옷이 촉촉할 때 걷어서 손으로 대강 만져 편 다음 우선 발로 밟는 발 다듬이를 한다. 그렇게 한 뒤 옷감을 다듬잇돌 위에 올려놓고 방망이로 두드린다. 다듬이질은 한 사람이 양손에 방망이를 잡고 두드리는 솔로와 두 사람이 양손에 방망이를 쥐고 마주 앉아서 맞다듬이질을 하는 듀엣이 있다. 듀엣으로 방망이질을 하는 것을 옆에서 보노라면 그 유연한 몸짓과 음악적 가락에 감탄이 절로 나온다. 내려치는 속도와 강도의 일정함과 방망이가 서로 부딪치지도 않고 고르게 내려치는 모습은 바이올리니스트의 섬세한 연주를 보는 것과 같다.

　다듬이질은 가을이나 겨울의 겹옷이나 솜옷 등의 옷감과 이불 홑청을 간수 하기 전에 다듬는 것이 주목적이다. 그래서 다듬이질은 주로 늦가을 한 철과 겨울철에 하였다. 야문 돌위서 연주되는 빨래 방망이의 연주는 울안에서 골목으로 경쾌하게 울려 퍼진다. 어린 애들은 그 소리를 들으며 잠이 들었고 취객들은 그 소리에 귀가를 재촉하였다. 다듬질할 때 부르는 민요는 별로 없다. 거제도 동부면 가배리에서 전해 내려오는 다듬이 소리 정도가 전해지는데 내용은 다음과 같다.

또닥또닥 다듬이 소리
그 다듬이 듣고 나나
요내 귀가 짱짱하네
또닥 닥 다듬이 소리
골골마다 울려 퍼져
우리 님 간장을 다 녹인다

대구 북구청에서 금호강 가다 보면 침산(오봉산이라고도 부른다)이 있다. 그 침산의 '침(砧)'자는 다듬잇돌이라는 뜻인데 타지인들 중에 엔간히 한자를 안다는 사람이라도 그 글씨를 잘 읽을 줄 모른다. 오래전 기자들이 써준 육필 원고를 아나운서들이 읽던 시절 텔레비전 뉴스 시간에 침산동 이야기가 나왔는데 아나운서가 "점산동에서….".라고 발음하는 것을 보았다. 한문으로 원고를 휘갈겨 써준 기자나 읽을 줄 모르며 대충 발음하는 아나운서나 둘 다 한심하다는 생각이 들면서도 기자 쪽이 더 잘못했다는 생각을 했다.

59

대구 아리랑

    대한민국의 대표적인 민요이자, 명실상부한 한국 문화를 대표하는 노래
는 아리랑이다. 지역마다 무수히 많은 버전이 존재한다. 그중에서 가장 유
명한 아리랑은 강원도에서는 정선 아리랑, 호남 지역에서는 진도 아리랑 그
리고 경남지역에서는 밀양 아리랑인데 전국적으로 가장 유명한 아리랑은
단연코 경기 아리랑이다. 전문가들의 말로는 아리랑 제목으로 전술되는 민
요는 약 60여 종, 3,600여 곡에 이른다고 한다. 아리랑이 그렇게나 많이 불
리면서도 뜻을 아는 이는 아무도 없다. 노래 내용이 대체로 슬프고 한스러
운 데 이런 의미에서 아리랑은 '나를 버리고 다른 이에게 가버린 연인은 다
리에 알 배기고(아리랑) 쓰라려서(쓰리랑) 발병이 나서 걷지도 못할 것이다'
라며 원망하는 뜻이라고 보는 사람도 있고 또 어떤 이는 고운 임, 그리운 임
이라는 주장도 있다. 아리따운의 '아리'에 옛 인칭대명사인 '랑'을 붙였다는

말과 아리다의 '아리'에 '랑'을 붙였다는 설도 있다. 또 한편에서는 얼이 얼려있는 노래라는 뜻의 어러리가 원형이라는 말도 있다. 설이 많다는 것은 다 뻥이라는 말이다.

대구 아리랑이 있다. 그러나 그런 사실을 아는 사람은 많지가 않다. 알더라도 대구에서도 잘 불리지 않고 노래가 발굴 된지도 오래되지 않는 탓인지 그 가치를 별로 인정하지도 않는 것 같다. 그러나 사실 따지고 보면 딴 고장의 아리랑도 대구 것과 다 비슷한 형편이다. 아리랑이 유명한 데 비하면 노래가 생겨난 시기는 그다지 오래된 것으로 보이지 않는다. 강원도 아리랑은 그중에서도 꽤 오래된 것으로 생각이 되나 그 외 것들은 다 최근 것들이다. 밀양 아리랑도 빛은 본 것은 30년대이며 경기 아리랑도 1926년 나운규의 영화 아리랑의 주제가가 된 다음에 유명해졌다. 1936년 봉무동 출신 최계란 명창이 밀리온레코드에서 대구 아리랑을 취입하였다. 그러나 한동안 잊히고 있었다. 아리랑이 인류무형문화유산으로 등재되고 대구 아리랑이 타지역 아리랑과 함께 국가무형문화재 제129호로 지정되면서 다시 빛을 보기 시작했다. 2007년부터 경상북도와 영천시 후원으로 전국 최초로 전국아리랑 경창대회가 시작되었고 2016년부터 대구시가 대회를 인수하여 '최계란 명창 대구전국아리랑 경창대회'로 개명하면서 거듭나게 되었다.

> 낙동강 기나긴 줄 모르는 님아, 정나미 거둘라고 가실리요
> 아롱아롱 아롱아롱 아라리야, 아이롱 고개로 넘어가네
> 낙동강 해다 진데 우리 님아 관산만리 어디라고 가실라요
> 아롱아롱 아롱아롱 아라리야, 아이롱 고개로 넘어가네
> 언제나 오실라요, 내 사랑아, 봄풀이 푸르거든 오실라요
> 아롱아롱 아롱아롱 아라리야, 아이롱 고개로 넘어가네
> 공산에 우는 두견 너 무삼일로 임 그려 썩은 간장 다녹이노

아아롱아롱 아롱아롱 아라리야 아이롱 고개로 넘어가네
관산만리 구름 속에 저 달이 숨어, 금호강 여울에 눈물지네
아롱아롱 아롱아롱 아라리야, 아이롱 고개로 넘어가네

아리랑은 2000년 시드니 올림픽 개회식 때 남북한 대표팀이 공동 입장할 때 연주가 되었고 2002년 한일 월드컵 축구경기 때 붉은 악마가 응원가로 부르기도 했다. 2011년 세계피겨스케이팅 선수권 대회에서도 김연아 선수가 아리랑을 편곡한 '오마주 투 코리아(Homage to korea)'배경 음악으로 쓴 적이 있다. 삼성 야구나 대구 F.C축구 시합 때 대구 아리랑을 응원가로 쓰면 좋겠다.

60

쥐나 개나 마이크

공공장소에서 보통 사람들은 마이크 한 번 잡기 힘 든다. 그래서 일단 마이크 한 번 잡으면 좀처럼 놓지 않는다. 예전 서민들은 마이크 잡기는커녕 구경조차도 흔치 않았다. 학교 교장 선생님이나 방송국 아나운서, 쇼 무대 사회자, 약장수 정도는 되어야 마이크를 잡을 수가 있었다. 요즘은 쥐나 개나 마이크 든다. 좁은 회의실인데도 마이크를 쓰고 마니아들은 가정집에서도 마이크 잡고 노래 부른다. 일본에서 가라오케가 들어 온 뒤 서민들도 쉽게 마이크를 드는 세상이 되었다.

한국전쟁이 일어나자 공평동에 있던 중앙국민학교는 미군에게 징발당한다. 저학년은 경북의대 응급실 앞 공터에 판잣집을 지어 이사를 가고 고학년은 신천가에서 노천 수업을 하게 되었다. 인근에 있는 수창학교는 한국군에게 쫓겨나 전매청 담배창고에서 수업하였다. 나는 이때 마이크에 대한 트라우마를 겪게 된다. 이런 난장판인데도 아침 점심 조회가 있었다. 조회 때 훈시를 하는 교장 선생님들은 자신의 말을 듣는 학생이 있다고 믿는 걸까? 오랜 의문이다. 어린이에게 해줄 말이 그렇게 많아서일까? 아니면 잡은 마이크를 놓기 싫은 걸까? 어느 교장 선생이라도 그들의 훈시는 길고도 지루하다. 수십 년 학교 다니며 많은 조회를 하였지만 신기하게도 기억에 남는 교장 선생님 말씀은 하나도 없다. 지루한 조회는 끝없이 이어진다. "에또" 하면서 말을 이어가고 "끝으로" 하면서 또 연설은 이어진다. 가관인 것은 "어디까지 했더라" 하며 앞에 했던 자신의 말을 까먹기도 하는 것이다. 더운 운동장에서 약한 어린이들이 픽픽 쓰러지고 있는 것을 보면서도 훈시는 끝나지 않는다. 교장 선생의 번들거리는 이마와 반짝반짝 빛나는 마이크 대가리가 역겨웠다. 교단 양옆에 자리 잡고 있는 스피커는 경복궁 해태 마냥 그 다리를 고추 세우고 앉아 잡음 내었다. 때로는 소리가 안 나기도 하고 삐이익 하고 유리창 긁는 소리를 하며 어린 학생들의 심신을 고문하였다.

　전쟁이 끝나고 모든 학교는 제자리로 돌아왔다. 중앙국민학교도 공평동으로 원 위치했다. 경대 병원 앞에 있던 임시 교사는 동덕국민학교라는 이름으로 창설되었다. 원래의 학교로 돌아온 뒤 새로운 마이크 공해가 추가로 시작이 되었다. 교장 선생의 횡설수설은 여전하고 매일 두 시간 수업 마치면 운동장으로 학생들을 모아 체조를 시켰다. 체조 전에 행진곡이 나오고 다음 체육 교사가 지르는 고함 소리, 구령 소리가 또다시 공해를 만들고 있었다. 요즘 같으면 주민들의 민원도 있었을 테지만 그때까지만 해도 노동조합이 없었는데도 선생님들이 옳게 행동해 존경받던 시절이다. 그 덕에 매일 체조 시간에 정은락 선생이 구령을 붙이고 악을 써도 공평동 주민들은 참아주었다. 희게 반들거리는 마이크를 보면 머리가 아프고 속이 메슥거렸다. 가래 낀 목소리를 들으면 교장 선생의 훈시가 연상되어 어지러웠다. 커서 군대 가니 거기에 또 다른 교장선생들이 있었다. 대대장, 연대장, 사단장들

여러 '장님'들이 사병들을 모아놓고 긴 연설을 하였다.

　제대하고 병원 회의에 참가해보니 거기에도 또 다른 교장선생이 있었다. 요즘 마이크는 예쁘게 만들어져 번쩍거리지도 않고 스피커도 성능이 좋아 잡음을 내지 않는다. 말하는 사람의 목소리만 커지게 해줄 뿐 잡음이 없다. 그러나 기구는 개량되었지만 말 내용은 아직도 소음이요. 긴 잡소리다. 오늘도 호구지책을 위해 청와대에서, 장관실에서, 기업의 회의실에서, 군대에서, 장님들의 주옥같이 아름다운 말씀 들어야 되는 서민들 귀에는 그 말씀들이 횡설수설과 악쓰는 소리, 빈정대는 소리, 자다가 봉창 두드리는 소리로만 들리는 이 병은 어린 시절 조회 때 입은 마음의 상처 탓이기만 할까? 아님 일그러진 마음의 수양 부족일까?

61

박정희 작사 작곡

영천 임고면 우황리에 가면 포은 정몽주 선생의 고향이라고 적혀 있는 팻말이 있다. 포항시 남구 오천읍 사람들은 그곳이 포은 선생의 고향이라고 한다. 원조 국밥집 싸움과 흡사하다. 대구 따로 국밥집 원조가 '벙글벙글'이다. '진고개 식당'이다. 아니다 '실비 식당'이다며 서로가 원조 타령을 한다. 중앙통 네거리에 오면 걔네들은 다 짝퉁들이고 '국일 따로' '대구 따로' '교동 따로'야 말로 진짜다. 우리끼리 진검승부를 해야 된다고 기염을 토한다.

'남귀여가혼(男歸女家婚)'이라는 말이 있다. 옛날에는 애를 친정에 가서 출산한 뒤 좀 키우다가 시댁으로 돌아오던 풍습을 일컫는 말이다. 포은 선생은 포항시 남구 오천 사람이다. '신증동국여지승람'이나 '포은문집' '연보고이'를 보면 포은은 1337년 외가인 영천 임고면 우황리에서 출생하고 고향 오천으로 잠시 돌아갔다가 다시 영천 외가로 돌아와 살았다고 되어있다. 양

쪽이 서로가 고향이라고 불러도 무리가 없겠는데 영천이 선점하여 영천이 고향인 것으로 사람들은 알게 되었다.

목화 이야기도 비슷하다. 삼우당 문익점 선생이 1363년(공민 왕때) 원나라에서 목화씨를 가져와 경남 산청군 단성면 사월리에서 그의 장인 정천익과 함께 시배를 하였다. 그러나 남평 문씨네들은 경북 의성군 금성면 제오리가 목화시배지라고 주장한다. 삼우당 선생의 손자 문승로 선생(조선 태종 때)이 금성면에서 현령으로 근무할 때 목화씨를 뿌려 재배에 성공하였다는 것이다. 산청 시배는 첫해는 단 한그루가 살아나고 그 후 3년 동안 애를 먹으며 목화재배를 시도하였다는 기록을 보면 금성면 시배지 주장도 영 엉뚱한 이야기는 아닌 것 같다.

새마을 운동 발상지도 시비가 있다. 대체로 경북 청도군 신도1리가 발생지로 굳혀져 있는데 포항시 북구 기계면 문성동 사람들도 가만있지 않았다. 실제로 기계면에 가면 그곳에도 기념관을 만들고 발상지임을 주장하는데 들어 보면 별로 억지스럽지 않다. 1969년 8월 4일 박 대통령이 경남의 수해지역을 현장시찰 갔다 오던 중 청도를 지나게 되었는데 그 마을에서 스스로 지붕도 개량하고 담장도 정리하고 마을길도 넓히며 살고 있는 모습을 보고 여기서 박 대통령의 새마을 운동의 아이디어가 시작되었다는 것이다. 1971년 9월 박대통령이 전국 시·군수 '비교행정회의'를 하고 귀경길에 기계면에 들러 동네를 시찰한 뒤 이 마을 사람들이 자조, 자립, 협동하며 사는데 이것이 내가 구상하고 있는 새마을 운동 정신의 원형이라고 지적해주었다고 한다.

1972년 4월 21일 새마을의 노래가 발표되었다. 처음에는 박정희 대통령 작사, 작곡으로 알려졌으나 작곡은 박 대통령의 둘째 딸 근령(서울대 음대 작곡과 졸업)이 하였다는 것이 정설이다. 새마을 노래는 새마을 운동의 배경음악이다.

새벽종이 울렸네 새 아침이 밝았네
너도 나도 일어나 새마을을 가꾸세
살기 좋은 내 마을 우리 힘으로 만드세

초가집도 없애고 마을 길도 넓히고
푸른 동산 만들어 알뜰살뜰 다듬세
살기 좋은 내 마을 우리 힘으로 만드세

서로서로 도와서 땀 흘려서 일하고
소득증대 힘써서 부자 마을 만드세
살기 좋은 내 마을 우리 힘으로 만드세

우리 모두 굳세게 싸우면서 일하고
일하면서 싸워서 새 조국을 만드세
살기 좋은 내 마을 우리 힘으로 만드세

박정희 대통령은 생전 두 곡을 작곡하였는데 또 하나의 노래는 '나의 조국'이다. 우리 오천 년 역사 이래 이 나라를 처음으로 반석 위에 올린 지도자, 문무를 겸비한 매력적인 독재자였다.

62

그이는 가야만 하나요?

1961년 12월 31일 7시 반 한국에 처음 텔레비전 방송을 시작할 때까지 KBS는 라디오 방송만 했다. 그 무렵 어느 해 4월 1일 대구 KBS 방송국의 이교석 아나운서가 아침 뉴스를 하고 있었다. 당시에는 만우절이 꽤 의미 있는 날처럼 대접받던 시절이라 이 아나운서도 '오늘 정오까지 대구 방송국에 오면 선착순 5명에게 트랜지스터라디오를 준다'고 자기 딴은 장난기 있는 방송을 했다. 요즘 가치로 치면 대형 TV나 김치냉장고 쯤 될까 그 귀한 트랜지스터라디오를 타보겠다고 대구 시민들이 개떼처럼 방송국으로 몰려들었다. 방송국이 있는 공회당 앞마당은 인산인해를 이루었다. 방송국 사람들은 만우절이라 웃자고 한 소리인데 설마 했다가 당황하기 시작했다. 방송국 홀이 부서질 뻔하고 사과에 또 사과를 거듭한 뒤 군중들은 흩어져 갔다.

이교석은 결국 KBS에서 쫓겨나고 CBS 기독방송국으로 가게 되는데 거기서 단 혼자 방송을 하게 되니 또다시 웃지 못할 일들이 잇달아 일어난다. 방송 중에 용변이 급해 화장실을 가야 할 판인데 그런 형편이 못되어 결국은 신문지에 실례했다는 소리도 들렸고 종합운동장에서 야구 중계를 마친 뒤 방송국으로 올 동안에는 아나운서가 없으니까 음악만 홀로 안테나에서 흘러나오기도 했다. 그 무렵 국영인 KBS도 아나운서 숫자가 그다지 많지 않았다. 서울말을 할 줄 모르는 유필기 아나운서, 서울말 가능한 이원춘 아나운서 그리고 홍일점 박숙자 아나운서 정도가 있었다.

이 무렵은 전쟁 후 어느 정도 안정이 된 시기라 시민들은 서양 음악에 목말라 했다. 양키 시장 약장수의 유행가, 칠성시장 신천변에서 부르는 약장수 판소리만으로 성이 차지 않았다. 미군방송 AFKN에서는 미군들과 함께 들어온 서양 노래 '당신은 나의 태양(You are my sunshine)'이 흘러나오고 '삐빠빠 룰라(Be-Bop-A-lula)'가 춤을 추는데 한국 K.B.S의 남인수의 '이별의 부산정거장'이나 현인의 '고향만리'만으로는 성에 차지 않았다. 시류에 부합해서 대구에 단 두 개 있던 라디오 방송국 KBS와 CBS에서도 낮과 저녁때 짧게 '뽀뿌라 송(Popular song)'을 방송하기 시작했다. 일본식 발음인 '뽀뿌라 송'도 결국 유행가라는 말의 영어에 지나지 않지만 그렇게 서양 뽕짝도 외국말로 하니 있어 보였다.

그 어설픈 일본 영어가 매끈한 '팝송'이란 본토 발음으로 바뀌면서 서울 KBS에서 '5분만 쉽시다(Take five)'라는 시그널 음악으로 본격적인 팝송의 시대가 열렸다. 한동안 다방에서는 도끼 빗을 든 음악 DJ 오빠들이 손님들에게 신청곡도 받고 음악 해설도 하며 설레발 치고 있었다. 동아 방송에서 김동욱이 '행복한 날은 다시 오고(Happy day come here again)'라는 오프닝 음악으로 방송국 신청곡을 받는 제도가 자리 잡기 시작했다. 서울 KBS에서는 '빗줄기의 리듬(Rhythm of the rain)' 대구 KBS에서는 '그이는 가야만 하나요?(He'll have to go?)'를 오프닝 음악으로 신청곡을 받는 프로그램이 생겼다. 일주일에 한 번씩 시간이 오니 젊은 팬들은 이날 만은 외출을 삼가고 집에서 방송을 들었다.

당신의 부드러운 입술을 전화기에 더 가까이 갖다 대요
우리 둘만 있는 것처럼 생각합시다
나는 노래방 직원에게 쥬크 박스 소리를 아주 작게 하라고 할게요
그러면 당신은 당신과 거기에 같이 있는 친구에게 가라고 말할 수 있을 거예요
그리고 나에게 말해줘요
나를 정말로 사랑한다고
혹시 그 친구가 나와 같은 방법으로 당신을 붙잡고 있나요
사랑이란 사람음 눈이 멀게 하는 것
당신의 마음을 결정해요
나는 알아야 겠어요
내가 전화를 끊을까요
아니면 당신이 그에게 가라고 말을 할 텐가요
-그이는 가야만 되나요?(작사 · 작곡 블룩 벤턴, 노래 짐 리브스)-

이 노래가 나오면 대구의 젊은이들은 가슴이 녹아내린다. 혹시 나에게 보내는 사연은 없는가하고 귀를 쫑긋하고 라디오를 들었다. 이제는 노인이 되어 버린 그때 그 사람들 '인생은 짧고 예술은 길다(Art is long, life is short!-히포크라테스)'라는 말을 실감하며 늙어 가겠지.

63

그리운 코맹맹이 소리

1960년대 초 서울로 수학여행 갔다. 보는 것마다 신기했다. 대구가 큰 도시인 줄 알았는데 서울 가보니 시골이었다. 레일을 다니는 전차도 신기했고, 고궁의 수려한 아름다움에 주눅 들고, 남녀가 손잡고 다니는 모습도 눈설었다. 대구서는 부부라도 남정네가 혼자 앞장서 걸어가고 아낙은 몇 걸음 뒤를 따라가는 게 정석인데 거기서는 그랬다. 어둑해지면 학생들도 남녀가 찰싹 붙어 다녔다. 터키 '우스크달라'에 여행 온 이방인 느낌이었다. 공중전화 부스에 들어가도 전화를 걸 줄을 모른다. 다이얼식이었기 때문이다. 대구 전화는 전자식이라 손잡이를 한참 돌려 교환수를 불러 통화할 번호를 대고 기다린다. 서울은 다이얼을 돌려 바로 상대방과 통화를 하고 있었다. 완전히 서영춘 노래 '시골 영감 기차 타기'의 한 장면이다.

이 무렵 시골에서는 구장 집 전화 한 대밖에 없었다. 누구네 집에 통화하고 싶다고 전화가 오면 구장은 마이크로 "청송 댁 전화왔니더." 하고 외치면 당사자가 뛰어와 전화를 받곤 했다. 서울서 하숙할 때 우리 집에 전화하려면 우체국 가서 신청하고 최소한 한 시간은 기다려야 했다. 하숙집 대문에는 '전화 있음'이라고 써 둔 집도 있었다. 요즘 같으면 '와이파이 됩니다'라는 의미와 같다. 그때는 전화가 개인 소유인 '백색 전화'와 우체국 소유인 '청색 전화'가 있었다. 나라가 가난하고 기술도 없어 이런 제도가 생긴 것이다. 백색 전화는 개인소유물이어서 마음대로 사고 팔 수가 있었다. 그러나 전화 값이 싼 집값과 맞먹어 서민들은 청색 전화를 들여다 놓을 수밖에 없었다. 돈이 있어 백색 전화를 신청해도 2, 3년은 기다려야 했다.

전자식 전화는 교환수가 없으면 통화를 할 수가 없다. 송수화기를 든 다음 손잡이를 한참 돌리면 '교환'하는 매력적인 코맹맹이 소리가 들린다. 다음 원하는 곳의 전화번호를 말해주고 교환수가 연결시켜주면 눌 관계는 끝난다. 그러나 쉽게 볼일이 끝나지 않는 경우가 많았다. 목적 외 통화가 잦았기 때문이다. 남녀유별이 심하던 시절이어서 여자 보기가 힘들었다. 적극적인 사람들은 교회에 가서 여자 구경을 하고 학생들은 영수학원 가서 여학생 자리를 힐끗힐끗 쳐다보다 온다. 소심한 사람들은 교환양들의 목소리 듣기를 했다. 전화기를 돌리면 은쟁반에 옥구슬 굴러가는 소리가 들리니 총각들은 시도 때도 없이 전화통을 붙잡았다. 대개는 지금 몇 시냐? 나이가 몇이냐? 고향이 어디냐? 묻는 정도였지만 어떤 강심장은 몇 번 수작을 부리다가 데이트를 신청한다. 일반 시민들도 소방차 소리가 들리면 교환수에게 어디에 불났느냐고 묻는다. 길도 묻고, 내기한 일에 대한 심판 받으러 전화하기도 했다. 요즘으로 치면 인터넷 검색을 교환수를 통해서 한다고 생각하면 이해가 될 것이다.

돌 던지는 사람이야 재미로 하지만 얻어맞는 개구리는 목숨이 달렸다. 실제로 느끼는 감정과 다른 감정을 표현해야 할 때 발생하는 것이 '감정노동'

이다. 판매, 유통, 음식, 관광, 간호 등 대인 서비스 노동에 주로 발생한다. 굴욕적인 말을 듣고도 먹고 살기 위해 자신의 감정을 표현하지 않는다. 그러다 이런 일이 반복되면 심한 좌절이나 분노, 적대감, 감정적 소진을 보이게 되면 심한 경우 정신질환이나 자살까지 갈 수가 있다. 당시는 전쟁을 겪은 뒤라 억센 인간들이 살던 때여서 별 일없이 넘어갔지만 요즘이라면 노이로제 걸리거나 심지어 죽는 교환수도 많았지 싶다. 코맹맹이 교환수들, 할머니가 된 지금도 그 목소리가 나런가 궁금하다.

64

우리 동네 짱깨집

한국전쟁 뒤 우리 동네에는 중국요릿집이 대 여섯 군데 있었다. 시청, 헌병대, 육군본부(나중에 2군 사령부가 들어온다), 남선전기(한전), 도서관 등의 관공서가 많이 있었기 때문이다. 그중에 '영남반점'이 가장 컸다. 아침에 문을 열면 주인 영감님이 느린 걸음으로 노고지리 통을 들고 나와 처마 밑에 거는 게 일과의 시작이다. 그 댁 할머니는 발이 아기 발처럼 작아서 걸음을 옳게 걷지를 못했다. 젊은 여자들 발은 모두 멀쩡했다. 어른들 말로 발을 헝겊으로 꽁꽁 묶는 전족(纏足) 탓이라고 했다. 중국에는 여자가 귀해 도망을 못 가게 그랬다는 것이다. 나중에 책을 보니 성적 자극을 위한 목적도 있었다고 나와 있었다.

우리 동네 중국집은 주로 식사와 요리만을 팔았는데 중앙통 쪽으로 가면 식사 외에 빵이나 호떡도 만들어 팔았다. 칼빵, 계란빵 등은 전날 미리 만들어 두었다가 팔지만 만두나 앙꼬빵, 호떡 등은 주문하면 그 자리에서 만들어 주었다. 종로의 '영생덕'은 그때부터 지금까지 옛 영업스타일이 지속되고 있다. 키네마 극장(한일 극장의 전신)앞 중국집도 주문받고 현장에서 만두를 만들었다. 둥근 통나무를 세로로 자른 뒤 고추세워 도마로 쓰고 있었다. 딴 음식은 주방에서 만들었는데 호떡과 앙꼬빵과 만두는 홀에서 만들었다. 주방장이자 주인인 남자가 관운장 청룡도 닮은 큰 중국 칼을 두 개를 들고 휘두르면 도마 위에서는 만두 소 재료인 돼지고기, 두부, 부추, 숙주, 표고, 달걀, 양파 등이 춤을 추고 있었다. 사람 좋은 그는 만두 만들 때 노래를 불렀다. 단골들은 그를 '짱깨'라고 불렀다. 짱깨는(장궤(掌櫃)−짱꾸이)는 타이완계 화교 출신 사장의 존칭이라고 하는 데 그 사람은 그 호칭을 좋아하지 않았다.

1904년 경부선 철도가 개설되면서 중국 산동성 사람들이 대거 한국으로 몰려왔다고 한다. 인천서 1905년 '공화춘'이 문을 열고 자장면을 팔기 시작했고 대구는 1920년대 대구역 뒤에서 왕조성씨가 '경성반점'이란 이름으로 중국음식점을 개점하였고 현재까지 영업을 한다. 1930년대에는 모임도 하고 잔치도 하는 규모가 크고 고급 중국집인 '군방각'이 문을 연다. 나중에 '기린원'도 그런 영업을 한다. 1930년에 대구의 화교는 1,384명이었고 1967년에는 3,108명까지 늘어났다. 화교들은 음식점 외에도 양조장, 주물공장, 농장과 기타 유통업을 하여 큰 부를 축적하고 있었다. 이런 욱일승천(旭日昇天)하는 화교들의 세력에 두려움은 느낀 한국 정부는 1950년 창고봉쇄령과 화폐개혁, 1962년에는 외국인 토지 소유금지 등의 법을 만들어 화교들의 경제활동을 옥죄는 가혹한 정책을 편다. 1970년에는 한동안 중식당에서 쌀밥도 팔지 못하게 하였다. 같은 해 따가운 여론에 마지 못해 외국인에게 주거용 200평, 영업용 50평을 허용하게 되었지만 그런 정도의 토지로는 큰 사업을 할 수가 없었다. IMF 이후에야 외국인 토지소유 제한이 풀어지지만 중국인들은 이미 딴 나라로 다 떠난 뒤였다. 서성로에 예식장 기린원(얼마 전 폐업함), 종로에 만둣집 영생덕, 동성로에 야끼우동 중화반점, 수성구에 전가복 연경반점 등은 나름대로 특성화를 꾀하여 현재까지 살아 남아있다.

키네마 극장 앞 짱깨가 부르던 노래는

몽롱한 달빛, 밤 안개에 덮여 있는 대지
나의 꿈속의 님이여, 그대는 어디에
바다 물결치는 소리 아득히 들려오고
솔바람도 구슬피 호소하는듯
나의 꿈속의 님이여, 그대는 어디에
장미 없는 봄날이요, 현 끊어진 하프라
사랑하는 그대 없는 이 세상은 하루가 일년 같아라
—꿈속의 사람(노래 채금, 우리나라에서 현인 선생이 '꿈속의 사랑'으로 번안해서 부른 노래)

이 노래가 아니었을까?

65

껌 씹는 사람들

껌을 씹는 유쾌한 씨를 보라
껌을 씹는 유쾌한 씨를 보라
번득이는 눈 커다란 입술
약간 삐뚤어진 코털
껌 씹는 방법도 여러 가지
앞니로 씹기, 어금니로 씹기, 송곳니로 가르기
풍선도 불고, 소리도 내고, 밥 먹은 후엔 항상
유쾌한 씨는 유쾌도 하지
유쾌한 씨는 유쾌도 하지
유쾌한 씨는 유쾌도 하지
유쾌한 씨는 유쾌도 하지

-1996년 7월 20일 삐삐밴드의 '유쾌한 씨의 껌 씹는 방법'-

우리나라 껌은 1956년 해태제과에서 최초로 만들었다. '해태풍선 껌' '설탕 껌' '또뽑기 껌'이 생산되어 대단한 인기를 끌었다. 사실 일제 강점기와 해방 직후에도 껌은 있지만 국산 껌은 해태가 최초로 만들었다. 나중에는 롯데가 끼어들어 박정희 대통령 때부터 껌의 대량 생산이 이루어진다. 그러나 해방 때 미군을 따라 들어 온 껌은 당시 일반인들이 즐기기에는 귀한 물건이었다. 키네마 극장 앞이나 동성로, 중앙통에서 애들이 미군들의 뒤를 따르며 "기브 미 어 껌"이라며 제법 영어를 쓰기도 했지만 대부분은 우리말로 외쳤다. "할로야 껌 좀 도고"라고. 미군들이 껌을 던져주면 모이 쪼는 닭처럼 애들이 머리를 박고 껌을 주웠다. 어떤 애들은 껌이 생기면 1박 2일도 씹기도 했다. 낮에 씹던 껌을 벽에다 붙여 놨다 다음 날 아침에 떼서 다시 씹었다. 점방에서 껌을 팔기도 했는데 전부 불량품이었다. 너무 단단해서 씹을 수가 없는 것도 있고 어떤 껌은 씹다 보면 건더기가 없어지기도 해 복불복 심정으로 껌을 씹기도 했다. 밀 한 움큼 입에 털어 넣고 씹다가 나중에 덩어리가 생기면 그것을 껌처럼 씹었다. 양초도 씹었다. 어떤 것은 한 참 씹으면 찌꺼기가 남아 씹히는 것도 있었기 때문이다.

유교 풍습이 짙게 남아 있던 시절이라 껌이 미군 병사나 양공주(洋公主) 등을 통해서 시중에서 거래된 것들인데다가 짝짝 소리를 내며 껌을 씹는 모습이 경박스럽다고 껌 씹는 사람은 깔보았다. 1947년경에 '국치낭(國恥娘)'이라는 말까지 있었다. 나라를 치욕스럽게 하는 여성이란 뜻인데 당시 껌은 화류계 여성들이나 미군 위안부들이 많이 애용해서 그런 말이 나온 것 같다. "구찌베니(빨간 입술) 화장, 빠마(퍼머넌트)머리, 종아리 노출, 빼딱구두(뒷 굽 높은 구두), 길거리에서 껌 씹는 여자"는 나라를 망신시킨다고 그런 말이 나왔다. 2018년 12월 27일 서울 봉천동에서 시흥동 가는 서울 시내

버스 안 안내판에 다음과 같은 글이 붙어져 있었다. "공공장소에서 음식물을 먹거나 껌 소리를 내는 것은 흉한 행동이다. 껌은 천박하고 넉살 좋은 늙은 여자가 씹는 것이다"는 내용이다. 너무 거친 내용이라 광고는 몇 시간 뒤 삭제되긴 했다. 이런 일화를 보면 껌 씹는 여자에 대한 편견이 아직도 일부 사람들에는 지속되고 있음을 알 수가 있다.

문물이 발전하면 그에 따르는 문화도 함께 성장해야 한다. 서양 문물이 들어오면 그들의 예의범절도 배워야 하는데 그렇지 않다. 요즘 우리나라 사람들 껌 씹는 행동을 보면 옛날 껌 씹는 사람을 조롱하는 말이 다시 등장해야 할 것 같다. 중앙로나 동성로의 보도는 물론이고 큰 거리 버스 정류장 부근에는 온통 뱉어 놓은 껌투성이다. 바닥에 다닥다닥 붙은 껌의 반점을 외국인들이 보면 대구 시민들이 무슨 전위 예술하는 줄 착각할 정도이다.

껌 씹고 종이에 싸서 버리는 사람보다 아무 데나 뱉어 버리는 것이 일상이 되었다. 이런 인간들이 큰 광장에서 종교모임을 하면 쓰레기 하나 버리지 않는다. 정말 얄밉다. 때와 장소에 따라 행동을 달리하니 말이다. 젊은이들은 길바닥에 껌을 뱉는 갑질을 하고 가난한 그들의 엄마들은 자식들의 껌값을 보태주기 위해 주걱 칼로 인도에 눌어붙은 껌을 떼느라 오늘도 허리가 휜다. 누구는 인삼 뿌리 먹고 누구는 무 뿌리 먹는 세상이다.

66

기타와 하모니카와
김광석

그녀가 처음 울던 날

그녀에 웃는 모습은 활짝 핀 목련꽃 같애

그녀만 바라보면 언제나 따뜻한 봄날이었지

그녀가 처음 울던 날 난 너무 깜짝 놀랐네

그녀가 처음으로 울던 날 내 곁을 떠나갔다네

아무리 괴로워도 웃던 그녀가 처음으로 눈물 흘리던 날

내 가슴 한꺼번에 무너지는 듯 내 가슴 내 가슴 답답했는데

이젠 더 볼 수가 없네 그녀의 웃는 모습을

그녀가 처음으로 울던 날 내 곁을 떠나갔다네

－그녀가 처음 울던 날(김광석의 기타와 하모니카 반주와 노래)－

대구 대봉동에서 태어난 김광석은 어릴 때 바이올린으로 시작해서 성인이 되어서는 기타와 하모니카로 반주하며 노래 부르는 가객(歌客)이 되었다. 그는 '노래 찾는 사람들(노찾사)'과 운동권 활동을 하며 음악을 했으니 오래 살았으면 요즘 추세로 볼 때 밥 딜런에 이어 또 다른 노벨 문학상을 탔을 가능성도 있었다. 그의 하모니카는 호네사의 블루스 하프(다이아 토닉)였으며 약 30여 곡이 기타와 하모니카로 반주되었는데 그 중에서 특히 '너무 아픈 사랑은 사랑이 아니었음을' '일어나' '그녀가 처음 울던 날'은 불후의 명작으로 영원히 남을 것이다.

최초로 하모니카를 발명한 사람은 아코디언의 발명가로도 알려진 '크리스천 부시만'이라는 독일인 악기 제작자인데, 사실 비슷한 시기에 하모니카처럼 입으로 부는 리드가 달린 악기를 만든 이들이 많기 때문에 큰 의미는 없고, 오히려 최초로(1857년) 하모니카를 양산한 사람인 독일의 시계공인 '마티아스 호너'를 하모니카의 원점으로 보는 것이 일반적이다. 호너는 지금도 세계적인 하모니카 제조사이다. 하모니카는 어떤 악기도 따라올 수 없는 휴대성과 편리한 사용법 덕분에, 군용 악기로도 애용되었다. 미국 남북전쟁에서는 남군과 북군 병영 모두에서 병사들이 부는 구슬픈 하모니카 소리를 들을 수 있었으며, 2차 대전 때 미군 병사들에게 수많은 하모니카를 지급한 나머지 하모니카의 재료인 동판과 목재가 부족할 정도였다고 한다.

미국 서부극영화에서도 총잡이들이 들고 다니면서 연주하거나 배경음악으로 많이 깔린다. 하모니카는 '쥬스 하프'와 더불어 서부극의 상징과도 같은 악기다. 영화 음악의 대가인 '엔니오 모리코네'도 60년대부터 이탈리아에서 만든 스파게티 웨스턴 주제곡에 하모니카를 많이 사용하였다. 60년대 '리오 브라보'에서 딘 마틴과 리키 넬슨이 주제곡 '에마와 소총과 나'를 주거니 받거니 노래할 때 영감으로 나오는 월터 브레넌의 하모니카 반주 장면은 영원한 서부영화의 화룡점정(畵龍點睛)일 것이다. 그외 '서부의 한때(Once upon a time in western)'에서 주인공 찰스 브론슨이 부는 음산한 하모니카곡 또한 명작이다. 웨스턴에서 영향을 받은 80년대 홍콩 느와르 영웅본색의 주제가 전주도 하모니카 곡이다.

일본을 필두로 한국, 중화권 등은 아시아를 대표하는 하모니카 국이다. 국내에서도 학교, 학원, 문화센터, 관공서 등에서 흔히 다루는 물건이고 어릴 적 음악 시간에 트레몰로 하모니카를 배워본 사람도 많을 것이다. 트레몰로 하모니카를 처음 도입한 일본에서 원본의 음 배열을 변경하여 저음부의 멜로디를 불 수 있도록 하였으며 반음 하모니카와 마이너 하모니카를 개발하고 3도, 5도, 8도의 중음 주법, 그 응용인 분산화음 주법, 만돌린 주법, 비브라토 주법 등을 창안하여 트레몰로 하모니카의 신기원을 열었다. 따라서 트레몰로 하모니카의 경우 반드시 국산(미화)이나 일제(톰보)를 구입해야 한다. 호너 같은 독일제를 구입했다 가는 자칫 낭패를 볼 수 있다. 음 배열이 다르기 때문이다. 상술한 것처럼 현재 한국인이 접하는 트레몰로 하모니카는 일본에서 정립한 모델로 아시아에 광범위하게 퍼져서 주류를 이루고 있으며 각종 주법들도 일본에서 개발된 것이 많다. 서구권에서는 트레몰로 하모니카를 아예 아시안 하모니카라고 부를 정도로 아시아에서 발전된 물건이라는 이야기이다.

67

전우야 잘 자라

해방 다음 해인 1946년 10월 1일 '남조선 노동당'이 대구에서 폭동을 일으
킨다. 쌀을 달라는 핑계로 사람들을 죽이며 정부 전복을 기도했다. 해방 뒤
가난한 나라에서 노동자 농민 못지않게 굶주리던 하급 공무원 특히 경찰 공
무원들이 혹독한 살육을 당했다. 심지어 그들의 가족들마저도 몽둥이에 맞
아 죽거나 죽창에 찔려 죽었다. 이런 무지막지한 수법 탓에 원래 공산당의
본산인 대구인데도 시민들이 호응하지 않았다. 대구가 최초로 남한의 공산
당 혁명 기도를 저지한 것이다. 실패한 그들은 지리산으로, 이북으로 각자
도생(各自圖生)을 하게 된다. 반란은 그것으로 끝이 아니었다.

남로당은 북로당 김일성과 힘을 합쳐 1950년 6월 25일 나라 전체를 향
해 본격적인 난리를 일으킨다. 임진왜란의 재판이었다. 김일성의 난이 일
어나자 대통령은 수원으로 재빨리 도망가고 한강 다리를 끊어 버린다. 뒤

늦게 피란을 나선 서울 시민들은 일부는 한강에 빠져 죽고 나머지는 본의 아니게 서울 시내로 돌아와 북한군에 부역하게 된다. 서울을 수복했을 때 이들 중 많은 사람이 부역죄로 목숨을 잃는다. 단숨에 주력이 낙동강에 도달한 북괴군은 선발대를 대구 무태(無怠)까지 보낸다. 또다시 대구가 조국의 공산화를 막는데 큰 역할을 맞는다. 대구 동촌 비행장은 북으로 출격하는 전투기의 이착륙으로 활주로가 불이 나고 삼덕동 '카다쿠라(편창, 片倉)' 제사공장에서는 신병 훈련에 정신이 없었다. 종각 공원 옆에 있던 육군본부와 대봉동에 있던 미8군이 드디어 북한군을 몰아내고 압록강까지 연합군이 진격한다.

일제 강점기로부터 한국전쟁까지 신병 훈련소로 떠나는 만촌동 고모령(顧母嶺)의 이별은 슬프나.

어머님의 손을 놓고 떠나 올 때엔
부엉새도 울었다오 나도 울었소
가랑잎이 휘날리는 산마루턱을
넘어오던 그 날 밤이 그리웁고나
맨드라미 피고 지고 몇 해이던가
물방앗간 뒷전에서 맺은 사랑아
어이해서 못 잊는가 망향초 신세
비 내리던 고모령을 언제 넘느냐
−비내리는 고모령(작시 유호, 작곡 박시춘, 노래 현인(1948년))−

적은 무태를 떠나 시산인해(屍山人海)의 다부재를 넘고 낙동강을 건너 북으로 도망을 간다.

전우의 시체를 넘고 넘어 앞으로 앞으로
낙동강아 잘 있거라, 우리는 전진한다
원한이야 피에 맺힌 적군을 무찌르고서
꽃잎처럼 떨어져 간 전우야 잘 자라
우거진 수풀을 헤치면서 앞으로 앞으로 추풍령아 잘 있거라 우리는 돌진한다
달빛 어린 고개에서 마지막 나누어 먹던 화랑담배 연기 속에 사라진 전우야
–전우야 잘 자라(작사 유호, 작곡 박시춘, 노래 남인수(1950년))–

한국전쟁이 휴전되었다(1953년 7월 27일). 폐허의 땅에 먹고 사는 전쟁이 시작되었다. 조반석죽(朝飯夕粥)의 시대였다. U.N에서 우유와 밀가루를 공급하여 겨우 아사는 면하였다. 대구는 섬유와 능금 농사로 기사회생의 길을 가고 있었다.

능금 능금 대구 능금 이 나라의 자랑일세
너도나도 손을 잡고 힘을 다해 배양하세
에에헤 좋고 좋다 에에헤 좋고 좋다
능금 노래를 불러보자
–대구 능금의 노래(작사 이응창, 작곡 권태호(1949년))–

대구는 능금을 대만에 갖고 가 바나나로 바꾸어와 한국민의 입을 즐겁게 해주었다. 안정기에 들어가자 '대구 시민의 노래'가 제정되었다.

팔공산 줄기마다 힘이 맺히고
낙동강 구비 돌아 보담아 주는
질펀한 백리벌은 이름난 복지

그 복판 터를 열어 이룩한 도읍
우리는 명예로운 대구의 시민
들어라 드높으게 희망의 불꽃
－대구 시민의 노래(작사 백기만, 작곡 유재덕(1955년))－

5, 60년대는 대구와 경북이 합쳐 있던 때라 경북과 대구에서 능금 노래와 시민의 노래를 모르면 간첩 취급받았다. 애들은 고무줄 하면서도, 청소하면서도 이 노래를 불렀다. 요즘은 왜 이런 노래를 안 부르는 걸까? 향토 출신 대통령 다섯 명이 암살당하고 사형선고 받고 교도소에 잡혀가 있는 탓에 신명이 준 탓일까?

비내리는 고모령

발행일   2019년 11월 18일
글쓴이   권영재
펴낸곳   매일신문사
주소   대구광역시 중구 서성로 20
전화   053)251-1421~3
팩스   053)256-4537
홈페이지 www.imaeil.com